KB012171

최약무패의

신장기룡

바하무트

"……저, 저기?"

어쩌다 이렇게 됐더라……?
그런 의문이 룩스의 머릿속을
빙글빙글 따라 돌며
루프했다.

일곱 개의 포구를 지닌 거대한 포신—

세븐스 헤즈

《일곱 개의 용머리》!

크루루시퍼
에인폴크
북쪽의 대국, 유미르 교국에서 온
유학생 클래스메이트.

아이리
아카디아
구제국 황족의 생존자.
1학년이며 룩스의 친여동생.

녹트
리플렛
아이리의 룸메이트.
「삼화음(트라이어드)」의 일원.

**룩스
아카디아**

멸망한 제국의 왕자.
『무패의 최약』이라고 불리는 기룡사.

**리즈샤르테
아티스마타**

아티스마타 신왕국 제1왕녀.
통칭 붉은 전희(戰姬).

**피르히
아인그람**

아인그람 재벌의 차녀.
룩스의 소꿉친구이며 학원장의 여동생.

CONTENTS

UNDEFEATED
BAHAMUT
CHRONICLE

© 2013 Ayumu Kasuga

신장기룡

최약무패의

바하무트

1

아카츠키 센리 지음
카스가 아유무 일러스트
원성민 옮김

소녀는 하늘을 바라보고 있었다.

빨려 들어갈 것만 같은 깊은 밤하늘을, 소녀는 홀리기라도 한 듯 우러러보고 있었다.

하늘 아래쪽에는 붉은색이 있었다.

흔들흔들, 한쪽 면에서 흔들리는 붉은 불꽃.

세계의 5분의 1을 지배하는 대국, 아카디아 제국의 왕성이 불타고 있었다.

바깥 세계와 단절된 듯한 높고 두꺼운 석재 성벽.

그것으로 둘러싸인, 불똥이 떨어지는 안뜰에서 소녀는 그저 하늘을 올려다보고 있었다.

하늘에서는 용이 춤을 추고 있었다.

사람의 육신에 짙은 회색의 고대 병기를 장착한 기룡사들^{드래곤 나이트}의 사투.

수백에 달하는 용이 타오르는 불길에 밝혀진 하늘에서 춤추고 포효하며, 이윽고 날개를 뜯겨 떨어져 내렸다.

"넌 달아나지 않는 거냐? 꼬맹이."

불현듯 등 뒤에서 목소리가 들려와 소녀는 뒤를 돌아보았다.

청년이 서 있었다.

단정한 외모, 은발에 잿빛 눈동자.

우아한 디자인의 망토를 걸친 그 사내의 몸짓은 귀족처럼 바르고 우아했지만, 소녀를 향한 눈은 굶주린 짐승으로 오인할 만큼 강렬하게 빛나고 있었다.

그러나 검은 옷을 입고 허무한 눈동자를 지닌 소녀는 그다지 겁먹은 기색도 없이 청년을 향해 시선을 돌렸다.

"……당신이 죽인 거야? 성의 사람들을—."

"그래. ……이렇게 대답하면 원수라도 갚을 생각이냐? 좋아, 덤벼봐라."

청년은 소녀의 질문에 동요하기는커녕 즐거워하는 모습으로 검을 뽑았다.

셀 수 없을 정도의 기묘한 은색 선이 표면을 달리는 아름다운 도신.

장갑기룡(裝甲機龍)을 기동하고 조종하는 열쇠에 해당하는 신기(神器)— 기공각검(機功殼劍).

"……그렇다면, 나도 여기서 죽여줘."

"뭐……?"

소녀의 혼잣말에 청년의 눈썹이 꿈틀거렸다.

"제국이 멸망하고 만다면, 내가 있을 곳은 이제 어디에도 남아 있지 않으니까—."

"……."

청년은 험악한 표정을 지으며 소녀의 쓸쓸한 얼굴을 잠시 바라본 뒤—.

"……크하하하하핫! 아아, 뭐냐! 그렇군! 너는 그런 인간이었던 거냐! 이거 참 걸작이로군. 하하하하하! 하하하하하하하하하하하하하하!"

갑자기 이마에 손을 대고 실성한 사람처럼 웃음을 터뜨렸다.

그럼에도 소녀는 아무런 반응을 보이지 않았다.

"시시하구만……. 누가 죽여줄 줄 알았냐. 멍청아. 너처럼 재미난 녀석을 죽여봐야 나만 손해인데."

그렇게 말하며 남자는 허리에 차고 있던 또 한 자루의 검을 칼집째로 끌러서 소녀 앞으로 던졌다.

철그럭, 묵직한 소리를 내며 잔디밭에 파묻힌 칼집에는 아름다운 장식이 수놓아져 있었다.

"그걸 주마. 운명을 바꿀 수 있는 『힘』— 그 기공각검을 말이다. 그걸 가지고 달아나라고. 이 성은 머지않아 함락당할 테니까. 아가씨."

지금까지의 광기가 사라진 듯한 미소로 남자는 고했다.

"……."

소녀는 묵묵히 검을 주워 들었다.

아직 어리고 가냘픈 몸에는 커다랗기만 한 검을 칼집째로 꼬옥 끌어안았다.

그 모습을 본 청년은 대담하게 웃고는, 그대로 발길을 돌려 성 안쪽으로 걸어갔다.

"기다려."

"뭐냐?"

소녀의 목소리에 중간에 멈춰 선 은발 청년은 귀찮아하며 뒤를 돌아보았다.

"저건, 뭐야……?"

소녀가 하늘을 가리켰다.

그녀의 손가락 끝에는 제국이라는 절대 불패의 신화를 깨부수는 악마가 있었다.

불꽃이 솟구쳐 오르는 하늘을 종횡무진 비행하며, 회색의— 세계 최강이라고 불리는 제국의 기룡들을 잇달아 땅으로 떨어뜨리는 단 한 기의 폭룡.

그 모습은 이 하늘과 같은 색의, 거대한 칠흑빛 기룡이었다.

"크크큭. ……난들 아냐. 그저 시민 대부분에게는 결국 이 빌어먹을 제국을 무찔러줄 영웅 님이라는 녀석이겠지."

"영, 웅……?"

소녀가 다시 하늘을 올려다본 사이에 남자는 사라졌다.

대답은 없었다.

그래서— 하다못해 그것의 정체를 알게 될 때까지는 살아남고 싶다고, 소녀는 생각했다.

성내에서도 열풍은 거칠게 불어댔고, 안뜰에 떨어진 불똥이 소용돌이를 일으켰다.

"……."

소녀는 청년에게서 받은 검을 끌어안고, 그대로 우물 속으로 들어갔다.

드리워져 있던 로프를 타고 안으로 내려가자, 수면 근처에 격자로 가로막힌 입구가 있었다.

품속에 숨겨두었던 열쇠를 사용해 지하 통로로 들어가기 직전, 소녀는 움직임을 멈추었다.

높디높은, 빨려 들어갈 것만 같은 전장의 밤하늘을 올려다보며.

"아버님……. 저는—"

마치 빈껍데기처럼, 소녀는 중얼거렸다.

Episode 1　　　　한밤중의 침입자

　살색이 보였다.

　시야 전체를 뒤덮은 하얀 수증기.

　그 너머로 램프 빛을 받아 흐릿하게 드러난 대리석 기둥과 벽이 보였다.

　그리고 목면 바지째로 하반신을 적시는 온수의 감각.

　무엇을 어떻게 생각해보아도 이곳은 욕탕이었다.

　"……어, 저기?"

　어쩌다가 이렇게 됐더라……?

　그런 의문이 룩스의 머릿속을 빙글빙글 따라 돌며 루프했다.

　"으……?!"

　수증기 저편에서 흠칫 놀라는 소녀들의 나신을 될 수 있는 한 보지 않도록 노력하며, 룩스는 고개를 아래로 숙였다.

　"……홋."

　옷을 입은 채 탕에 들어가 있는 룩스 밑에서 소녀가 웃었다.

선명한 금발, 호전적인 붉은 눈동자가 인상적인 소녀.

가냘픈 체구와는 반대로, 일종의 완숙한 느낌이 드는 미소가 그녀의 입가에 떠올라 있었다.

새하얗고 매끄러운 피부는 욕탕에 들어간 탓에 상기되어 뺨까지 빨갛게 물들어 있었다.

귀엽다.

……옆에서 보았다면 그렇게 말했겠지만, 눈앞의 소녀에게서 피어오르는 수증기와 위험한 기운에 룩스는 말을 꺼내기는커녕 옴짝달싹도 못 하고 있었다.

"……어이, 변태. 죽기 전에 하고 싶은 말은 없나?"

딱딱하게 굳은 사랑스러운 얼굴에서 무시무시한 말이 튀어나왔다.

그야, 화내는 것도 무리는 아니라고 생각했다.

왜냐하면— 보고 말았기 때문이다.

넓은 욕조 속에서 그녀가 두르고 있던 수건이 벌어지는 바람에 드러난, 아리따운 알몸을.

물기를 머금고 이리저리 흔들리는, 예쁘게 부풀어 오른 가슴.

드러난 쇄골과 탄탄함이 느껴지는 허리의 곡선.

그리고, 맨들맨들한 복부의 아래쪽까지, 선명하게—.

"……"

다음 한마디에 자신의 운명이 정해질지도 모른다.

룩스는 혼란스러운 얼굴로 신중하게 말을 선택했다.

'이, 일단 칭찬을 좀……!'

예전에 술집에서 웨이터 일을 했을 때, 여자를 칭찬하는 테크닉에 관해서 배운 적이 있었다.

생각하는 것보다도 빠르게 솔직한 감상이 입 밖으로 나오고 말았다.

"……그게, 저기. 귀여워요. 전체적으로 어린애…… 아니, 아직 어린 느낌인데도 가슴이 제법 커서— 에로틱하네요. ……어, 얼레?!"

죽었다.

내가 대체 무슨 소리를! 그게 아니잖아?!

누구야?! 나한테 이따위 테크닉을 주입한 사람이?! 그 색골 점주 자식!

"……훗."

그 말을 들은 알몸의 소녀는, 작게 쓴웃음을 흘렸다.

한순간 만족한 듯한 밝은 미소를 머금고는—.

"언제까지 내 위에 올라타 있을 생각이냐, 이 바보 자식아 아아아앗!"

노성을 질렀다.

"꺄아아아아아아악?!"

동시에 욕탕 전체에서 날카로운 비명이 수없이 터져 나왔다.

알몸의 소녀들이 연달아서 그 자리에 있는 물건을 룩스를 향해 전력으로 집어 던졌다.

"죄, 죄송합니다아아아아앗!"

룩스는 헐레벌떡 달아나기 시작했다.

"어, 어쩌다가 이렇게 된 거야?!"

룩스는 울상을 지으며 작은 가죽 포셰트[#1]를 들고, 몇 시간 전에 있었던 일을 떠올렸다.

†

"거기 서어어어어엇!"

폐부에서 쥐어짜 낸 목소리가 나란히 서 있는 건물 벽에 반사된다.

다섯 개의 시가지로 이루어진 십자 형태의 성채 도시, 『크로스 피드』.

그 중심에 위치한 1번 지구 중앙로를 두 그림자가 달리고 있었다.

앞서서 달리는 그림자는 작은 포셰트를 입에 문 호랑이처럼 생긴 고양이.

#1 포셰트 어깨에서 비스듬히 메는, 끈이 비교적 긴 조그만 핸드백.

체구가 작은 소년의 그림자가 전력으로 그 고양이를 추격하고 있었다.

 시작은 십자 형태로 배치돼 있는 지구의 서쪽에 해당하는 3번 지구에서부터.

 이미 일반적으로는 마차를 사용해야 할지 고민할 정도의 거리— 마을 하나만큼의 거리를 달려온 소년은 극한의 피로감을 느꼈다.

 그래도 개목걸이를 찬 은발 소년— 룩스는 달렸다.

 어젯밤, 운 나쁘게도 잘 곳이 없었던 룩스를 흔쾌히 머물게 해준 주점의 딸.

 그 소녀와 재회했을 때, 그녀의 짐이었던 포셰트를 근처에 있던 고양이가 난데없이 낚아채 가고 말았다.

 "아하하…… 굳이 무리하지 않아도 돼."

 룩스가 고양이를 쫓으려 했을 때 그녀는 쓴웃음을 보였지만—.

 "반드시 되찾아 올게."

 국민에 대한 봉사와 협력.

 그것은 이 나라에서 특별한 처지에 놓여 있는 룩스에게는 의무이며 목적이다.

 그게 아니더라도 신세를 진 사람의 짐이니, 물고 달아나게 놔둘 수는 없었다.

 룩스는 다시 한 번 기합을 불어넣고 중앙로의 비탈길을

뛰어 올라갔다.

"……오오, 애송이구나? 오랜만이네. 이번에는 우리 집에서 일해주려고? 이 시기에는 파종을 도와줄 사람이 부족해서 말이다……."

"죄송해요! 지금은 좀 바쁘니까, 나중에—."

길가에 있던 노인이 부르자 룩스는 허둥대면서도 성실하게 대답해주었다.

지금 이러고 있을 때가 아닌데!

그렇게 조바심을 내고 있으니, 이번에는 멀찍이 풍채 좋은 아주머니의 모습이 보였다.

"어머나, 룩스잖아? 나중에 우리 식당도 좀 도와주지 않을래? 이제 곧 아티스마타 신왕국의 건국 기념일이잖니. 파티용 요리, 너도 약간은 만들 줄 알지?"

"그때가 되면 찾아뵐게요!"

룩스는 잽싸게 벨트의 파우치에서 수첩과 펜을 꺼내 휘갈겼다.

오르막길에서 고양이의 페이스가 떨어진 것을 보고 약간 여유를 부린 것이 실수였다.

"뭐야, 왕도에서 돌아왔어? 그럼 우리 공방에 인사나 하러 가지 않겠어? 너, 우리 쪽 대장장이 수업이 아직 안 끝났잖냐."

스쳐 지나간 우락부락한 풍모의 기술자가 룩스를 돌아보

며 말했다.

"어― 그게, 5일 뒤에 약간 비는 시간이 있으니까―."

"이봐~ 룩스. 소 돌보는 것도 좀―."

"우리 딸 놀이 상대를―."

"잠깐…… 무리! 죄송해요, 지금 당장은 무리라고요!"

도중까지 메모하려고 했지만, 룩스는 포기하고 수첩을 집어넣었다.

지금은 『잡일』 의뢰에 대답하고 있을 때가 아니다.

고양이를 붙잡는 것이 선결 과제다.

그렇게 생각하며 마지막 힘을 다리에 담아 룩스는 달렸다.

한 시간 뒤, 해가 떨어지기 시작했을 무렵.

"여, 역시, 그냥 관둘 걸 그랬어……!"

이른 아침부터 점심까지의 노동이 원인인지, 급격한 피로가 룩스를 엄습했다.

달아나는 모습을 보면 뒤쫓고 싶어지는 것은 동물의 본능 중 하나인 듯하다.

씩씩 거친 숨을 몰아쉬면서, 높은 외벽을 기어오르며 달아난 고양이를 추격했다.

"어라……? 여기가 어디래?"

순간적으로 주변의 넓이와 분위기를 보고 룩스는 군 거점 내에 들어왔나 싶어서 당황했지만, 이 중앙 1번 지구의 군 거점은 틀림없이 다른 장소에 있을 터였다.

그렇다면 일단 변명은 할 수 있다.

그렇게 생각하고 있으려니 고양이는 소녀의 포셰트를 입에 문 채로, 이번에는 건물 지붕 위로 올라갔다.

"왜, 왜 또 그런 곳으로 가는 건데……?!"

하는 수 없이 룩스도 담벼락을 박차고 지붕 위로 몸을 날렸다.

막일을 하며 지붕 수리도 몇 번인가 경험해본 덕분에 안전하게 올라가는 방법은 그럭저럭 터득해두었다.

애초에 이렇게까지 할 필요는 없었을지도 모르지만, 이제는 거의 오기를 부리는 것에 가까운 상황이었다.

"—좋아! 여기까지다!"

발 붙일 장소가 사라졌기 때문에 룩스는 조심스럽게 고양이에게 접근했다.

그리고 눈 딱 감고 뛰어들었다.

"캬앙!"

아무래도 고양이보다는 느릴 수밖에 없었지만, 애초에 그의 목표는 소녀의 가방이었다.

"성공!"

드디어 되찾았다!

안도와 달성감이 룩스의 뺨을 느슨하게 만들었다.

작은 성과였지만, 이것도 어엿한 『선행』이다.

보고하면 집정원이 알아서 자신의 빚을 조금 삭감해줄지

도 모른다.

"……아니, 그런 타산적인 생각은 좋지 않지."

아무리 룩스가 이 나라에 막대한 빚을 지고 있다 해도, 지금은 순수하게 누군가를 도와줄 수 있었던 것을 기뻐할 때이다.

"자, 빨리 돌아가야지. 이제—."

어느 틈엔가 완전히 해가 저물어 주변에는 땅거미가 내려와 있었다.

어떤 일에 정신이 팔리면 주위 상황이 눈에 들어오지 않는 것은 자신의 나쁜 버릇이다.

그렇게 반성하며 룩스가 지붕에서 내려오려고 생각했을 때.

빠직!

그런 불길한 소리를 들었다.

"어……?"

소리가 난 곳은 지붕에 손을 댄 룩스가 체중을 실은 한 부분이었다.

"자, 잠깐?! 이건, 설마—."

당황한 룩스는 그 자리에서 벗어나려 했다.

그러나 늦었다.

빠직빠직, 손 밑에서 생겨난 균열이 급격하게 그 기세를 더하며 부서져 내렸다.

"우와아아아아아아악?!"

체중이 사라지는 감각과 함께 룩스는 낙하했다.

첨버어어어어어어엉……!

1초 뒤, 룩스는 물에 빠졌다.

"우와아아악! 푸학! ……어라?"

아무래도 아래쪽은 물이었던 모양이다.

아무 데도 다치지 않았다는 사실에 룩스는 순간적으로 안심했으나, 그 직후 다른 위화감을 느꼈다.

'이건— 목욕물?'

가만 보니 허리 아래쪽이 따스한 것에 감싸여 있었다.

자욱한 수증기 너머로 고급스러운 대리석 기둥과 벽이 램프의 빛을 받아 연한 오렌지색으로 빛나는 광경이 보였다.

"여기는, 설마—?"

룩스는 현재 상황을 파악한 순간, **그것**을 알아차렸다.

자신이 떨어져 내린 천장의 파편.

그 덩어리가 떨어지며 바로 근처에 있던 작은 체구의 소녀 위쪽으로—.

"위험해!"

룩스는 반사적으로 몸을 날려 소녀를 밀치고 자신의 몸

으로 뒤덮었다.

†

"언제까지 내 위에 올라타고 있을 생각이냐, 이 바보 같은 자식아아아아아앗!"

―그리고, 룩스의 의식은 현재로 연결됐다.

"꺄아아아아아아아아악!"

날카로운 비명이 사방에서 터져 나와 욕탕 안에 울려 퍼졌다.

"죄, 죄송했습니다아아아아아!"

바가지, 의자, 비누. 다양한 물건이 자신을 향해 날아오자 룩스는 샤워장 쪽으로 후퇴했다.

'이를 어쩌지. 설마 여자 대욕탕에 떨어질 줄이야……?!'

그렇게 절망하며, 룩스는 자신의 손에 목욕물에 살짝 젖은 소녀의 포세트가 있는 것을 확인했다.

다행이야, 멀쩡하구나.

"죄, 죄송합니다. 이, 이곳에 들어온 건 순전히 지붕이 부서진 탓이고, 그저, 저는 이걸, 되찾고 싶었을 뿐으로―."

룩스는 소녀들의 알몸을 애써 외면하며 손에 쥐고 있던 포세트를 들어 올려 보였다.

그러자 포셰트의 주둥이가 열리며 천 조각 두 장이 팔랑 팔랑 떨어져 내렸다.

"어라……?"

하얀 속옷이 위아래로 두 장.

그야, 그 가방의 주인이 여자애라면 그럴 가능성도 충분히 있을 법하지만—.

"꺄아아아악! 속옷 도둑! 훔쳐본 데다가 속옷까지 훔쳤어!"

"위병을, 누가 위병을 빨리 불러와!"

"다들 검을 뽑아! 지금이라면 정당방위가 성립된다구!"

"자, 잠깐만 기다려주세요! 이건 제 것이 아니라, 그게— 지나가던 여자애 것으로—?!"

룩스는 필사적으로 변명하려고 하다가 깨달았다.

'망했다! 이래서야 아무런 변명이 안 되잖아?!'

"그게 뭐랄까, 그러니까, 죄송합니닷!"

허겁지겁 욕탕을 뛰쳐나간 룩스는 탈의실을 통과해서 달렸다.

거기에도 헐벗은 여자애들이 있었던 것만 같은 기분이 들었지만, 못 본 셈 치기로 했다.

"어, 어쩌다가 이런 일이……?!"

"누가 좀 잡아! 놓치면 안 돼!"

간신히 위험 지대에서 벗어난 룩스는 옷을 입은 소녀들에게 쫓기며 생소한 건물 안을 전력으로 달렸다.

복도에 깔린 고급스러운 레드 카펫.

파티 회장처럼 넓은 식당, 휴게실, 무수한 객실.

곳곳에 놓여 있는 고상한 그림과 가구들.

"어라? 이 건물은—."

처음에는 대욕탕이 딸린 고급 여관에라도 떨어진 줄 알았지만, 그런 것치고는 지나치게 넓었다.

왕도의 궁정일 리도 없고, 어째서 이 성채 도시에 이런 건물이—.

크로스 피드

"앗! 찾았다! 우리 학생의 가슴을 만진 치한이 여기 있어! 빨리 창을 가져와!"

그렇게 생각한 순간 정면에서 우연히 맞닥뜨린 소녀들이 갑자기 비명을 질러댔다.

"잠깐……?! 왜 소문에 점점 살이 붙는 건데?!"

아니…… 자기가 달아나고 있기 때문에 추격해 오는 것이며, 결백을 증명하고 싶다면 얌전히 있으면 되는 일이지만— 자연스럽게 달아나고 말았다.

달아나는 모습을 보면 뒤쫓고 싶어지는 것처럼, 누군가에 쫓기면 달아나고 싶어지는 것 또한 생물의 본능일지도 모른다.

룩스는 그런 아무래도 좋을 가설을 머리 한구석에서 생각하며 달렸다.

"이, 이젠 나도 모르겠다! 이대로 강행 돌파해서—."

일단 소동이 잦아들 때까지 따돌려보자.

그렇게 생각하며 이 거대한 건물의 엔트런스 홀에 도달했을 때.

"엑—?!"

룩스는 멈춰 서며 다시 한 번 자신의 눈을 의심했다.

자신이 서 있는 천장이 훤히 뚫린 계단 아래, 양초 샹들리에로 장식된 넓은 공간.

그곳에 검을 찬 소녀 세 명이 서 있었다.

"왕립 사관 학원 교칙, 제18조."

세 사람 가운데 한 명. 늠름한 기운이 느껴지는 진청색 머리의 소녀가 조용히 입을 열었다.

용모도 분위기도 완전히 다른 세 소녀.

다만 몸에 걸친 제복과 벨트만큼은 동일했다.

"학원 내외를 불문하고 상관의 허가 없이 기공각검을 뽑는 것을 금한다. 단 현행범을 확인, 혹은 신변에 위험이 닥쳤을 경우에 한해 발검과 장갑기룡의 사용을 허가한다."

진청색 머리의 소녀는 넓은 엔트런스 홀에서 쩌렁쩌렁하게 울려 퍼지는 목소리로 선언한 뒤 미소 지었다.

그 말을 들은 룩스는 소녀들에게 변명하는 것마저 잊어버린 채 혼란의 도가니에 빠져들었다.

……뭐?!

지금, 뭐라고 한 거지?

기공각검과— 장갑기룡이라고?

어째서 그 이름이, 이런 소녀들한테서—?

"흐음. 변태치고는 여태껏 봐온 놈들 중에서 가장 괜찮게 생겼구나. 내 맞선 후보에 넣어도 될 정도야."

"저기, 실례합니다. 조금 전에 뭐라고—?"

룩스는 낮은 목소리로 중얼대는 리더처럼 보이는 진청색 머리의 소녀에게 질문했다.

"허나 안타깝구나. 이 여자 기숙사에 숨어들어서 우리들 — 삼화음(三和音)에게 발각된 변태들 가운데 도주에 성공한 자는 아무도 없다!"

<small>트라이어드</small>

"뭐?!"

여자 기숙사? 무슨 소리지?

"간다. 티르파! 녹트!"

"오케이~!"

"Yes, my Lord. 하오나 일단 조심하십시오. 샤리스."

샤리스라고 불린 진청색 머리의 소녀와 그녀의 좌우에 서 있는 두 명의 소녀.

그 세 사람이 일제히 검집에서 검을 뽑아 들었다.

짙은 회색 도신에 빛나는 은선이 떠올라 있는 검— 기공각검을.

"설마?!"

룩스가 경악하며 눈을 부릅뜬 순간 샤리스의 목소리가 들렸다.

"—오라, 힘을 상징하는 문장(紋章)의 익룡. 나의 검을 따라 비상하라, 《와이번》!"

동시에 샤리스가 휘두른 검 끝의 공간이 흔들리며 왜곡됐다.

그곳에 고속으로 모여드는 것은 빛의 입자.

무수한 옅은 빛이 일렁이며 하나의 실체를 형성하기 시작했다.

"……?!"

나타난 것은 사람을 두 배 이상 크게 만든 듯한 기계로 된 용이었다.

뾰족한 금속 부품이 연결되어 무수하게 겹쳐진 유선형 동체.

흘러나오고 있는 듯한 광택은 오래도록 사용해온 명검처럼 요사하면서도 아름답다.

"장갑기룡?! 어째서—."

장갑기룡.
^{드래곤 라이드}

그것은 전설의 용을 모방한 기계 장갑으로, 짝을 이루는 기공각검의 발검을 통해 소환하여 몸에 장착하는, 일기당천의 전력을 지닌 고대 병기다.

전 세계에서 발견된 일곱 개의 유적.

그곳에서 발굴된 그 병기는, 과거 수백 년간 쌓아온 전쟁에 대한 개념을 한순간에 뒤집어버릴 정도의 위력을 지녔다.

그 기룡을 장착하고 자기 몸처럼 능수능란하게 다루는 사람은 기룡사라 불렸다.

_{드래곤 나이트}

다만 장갑기룡은 희소한 데다 매우 비싼 탓에 왕국 기사나 일부 권력자가 아니라면 보통은 소지할 수 없는 물건이었다.

그런 것을, 이 여자애들은 어떻게—.

"접속·개시."

커넥트 온

룩스가 멍하니 있는 틈을 타 샤리스가 중얼거렸다.

푸른 유선형 기계가 바깥쪽으로 열리며 무수한 부품이 전개되었다.

샤리스의 양팔, 양다리, 몸통, 머리로 부품이 움직이며 고속으로 연결— 장착되었다.

기룡은 거침없는 동작으로 순식간에 그 몸을 뒤덮는 장갑으로 변화했다.

"이거야 원, 여기가 어딘지 알지도 못하고 숨어들어온 건가? 허나 시치미 떼봐야 소용없다, 변태 소년. 포기하고 거기서 석고대죄해라. 지금이라면 채찍질 열 대 정도로 용서해주마."

"응응. 훔쳐보는 건 범죄라구—."

"Yes, my Lord. 어쨌거나 처벌합니다."

리더로 보이는 샤리스의 발언에 가벼운 태도를 보이는 소녀 티르파와 냉정한 분위기의 소녀 녹트가 동의했다.

그 두 사람도 저마다 다른 기룡을 장착하고, 마찬가지로 전투태세를 갖추었다.

"……켁, 잠깐만요?!"

이건 혹시, 엄청나게 위험한 상황 아닌가?

이런 건물 내에서— 아니, 애초에 맨몸뚱이의 인간을 상대로 사용하는 장비가 아니야!

"핫!"

《와이번》을 장비한 샤리스가 바닥을 박차고 비상했다.

다리와 등 뒤에 달린 양 날개의 장갑에서 분사되는 빛을 머금은 바람.

1층 엔트런스 끝에서 한 차례 도약하여 2층에 있던 룩스를 습격했다.

금속 장갑으로 뒤덮인 팔을 크게 들어 올려서 벼락처럼 수도를 내리쳤다.

"우와아아아아악?!"

룩스는 반사적으로 옆으로 굴러서 피했다.

간발의 차이로 회피에 성공했지만, 그 자리에 있던 목제 난간은 무참하게 박살 나고 말았다.

"이런! 스피드를 너무 낮췄나?"

"아니거든요! 파워가 심하게 강하거든요! 저 이러다가 죽

게 생겼거든요?!"

놀라는 샤리스에게 딴죽을 걸며 룩스는 굴러가다시피 계단을 내려갔다.

그러자 지금까지 입구에 있던 육전용 장갑기룡, 비취색의 ―《와이엄》을 장착한 티르파가 즉각 그 앞을 가로막았다.

"히얏후우우우. 아― 아― 마이크 테스트. 거기 있는 변태에게 알립니다. 지금이라면 죄는 가볍다구~?"

"관점에 따라서는 평범한 형벌보다 험한 취급을 당하고 있거든요?!"

딴죽을 던지는 와중에도 룩스는 위험한 상황이라고 생각했다.

건물 내에서는 기룡의 비행 능력을 충분히 살릴 수 없고, 오히려 방해가 될 뿐이다.

그래서 샤리스의 비행 범용기룡《와이번》은 아직 괜찮았지만, 이쪽은 위험했다.

두꺼운 장갑에 뒤덮인 사지는 복수의 가변 프레임을 통해 높은 기동성을 갖추었고, 지금도 폭발하는 듯한 파워를 유감없이 발휘하고 있었다.

육전 범용기룡《와이엄》은 근접 전투에 가장 적합한 성질을 지닌 기룡이기 때문이다.

"뭐― 아무래도 좋으니까, 얌전히 있어보셔. 괜히 날뛰면 오히려 더 위험해질 뿐이라구."

"가만히 있으면 오히려 죽을 것 같은데요?!"

난간에 다리를 걸친 룩스는, 전방을 차단당한 계단을 내려가는 대신에 그대로 1층으로 뛰어내렸다.

그러나—.

"아차차! 여긴 못 지나가—!"

전투적인 미소를 떠올리며 티르파가 순식간에 그 앞을 막아섰다.

몸에 장갑을 착용한 상태로 계단의 난간을 지지대 삼아 옆으로 회전하여 착지.

장갑기룡은 그저 무겁고 튼튼하기만 한 갑옷과는 비교를 불허하는 물건이다.

기룡의 동력원인 환창기핵(幻創機核)이 공급하는 에너지 덕에 장착 부위의 운동 성능도 대폭 강화되는 것이다.

"하앗!"

그런 장갑을 두른 티르파의 오른팔이 밑으로 떨어져 내렸다.

"큭……?!"

파앙! 파쇄음과 함께 목제 바닥이 부서져 분진이 피어올랐다.

가벼운 기합과 동작이었지만 위력은 막대했다.

맨몸으로 느끼는 장갑기룡의 성능에 룩스는 전율하면서—.

"……어라?"

《와이엄》을 장착한 티르파가 철권에 가격당한 바닥을 보고 고개를 갸우뚱했다.

사라진 것이다.

바로 직전까지만 해도 눈앞에서 그 힘을 목격하고, 소스라치게 놀랐을 터인 룩스의 모습이.

"밑이다! 티르파!"

"엑……?"

샤리스의 당찬 목소리가 바닥 밑을 달려가는 룩스의 머리 위로도 들려왔다.

위협하기 위해 티르파가 시도한 일격.

그것이 만들어낸 구멍으로 들어가 바닥 밑으로 도주하여 달리고 있었던 것이다.

"끄응……."

"쫓지 마, 티르파."

지적당한 티르파가 불만스러운 얼굴로 바닥에 난 구멍을 들여다보았을 때, 샤리스의 냉정한 목소리가 티르파를 저지했다.

"아무리 섬세하게 움직일 수 있는 《와이엄》이라 해도 이 바닥 아래는 너무 좁아. 이 이상 기숙사를 파괴하면 경위서를 써야 할걸. 나도 더는 쫓지 않을 거다."

"그치마안! 이대로 달아나게 놔두면—."

"걱정하지 마. 녹트가 이미 움직이고 있으니까. 놓칠 리

없어."

샤리스는 티르파를 달래며 주위에 눈길을 주었다.

"하지만 이게 대체 어떻게 된 일이지? 맨몸으로 뿌리치다니……. 그 움직임, 마치 우리가 보유한 기룡 세 타입의 특성을 순식간에 간파한 것만 같은—."

평소에는 자신감이 가득한 소녀의 곤혹스러운 모습에 티르파는 고개를 갸웃했다.

"응응? 왜 그래? 샤리스."

"백은빛 머리카락, 검은 개목걸이. 아니, 설마…… 그 소년은—?"

진지한 목소리로, 그저 그렇게 중얼거렸다.

†

"우아와아아아아아악!"

마룻바닥 밑을 지나 건물 밖으로 빠져나온 룩스는 흙길을 질주했다.

샤리스의 《와이번》과 티르파의 《와이엄》.

범용형 기룡 두 기의 손에서 달아났다고 생각한 것도 잠시.

세 번째 사람— 녹트라고 불린 소녀가 룩스를 추격하고 있었다.

그 오렌지색 장갑기룡은 《드레이크》라는 이름의 범용기룡이었다.

비행형 《와이번》, 육전형 《와이엄》과 대응되는 특장형이라는 카테고리로 분류된 타입이다.

수색, 위장, 지원, 보조, 수리 등의 특수 기능을 탑재한 기룡으로, 기본 성능은 다소 낮은 편이긴 하나 특정 상황에서 보여주는 강력함은 다른 두 종류를 능가했다.

그 특성— 두부(頭部)에 장착된 고글을 통해, 녹트는 어둠 속에서도 룩스를 인지하며 정확하게 추격할 수 있었다.

"멈추세요. 멈추지 않으면 쏘겠습니다. 멈추신다면 아프지 않게 쏘겠습니다."

녹트는 정문을 향해 드넓은 부지 내를 달리는 룩스를 추격하며 권고했다.

스피드는 말할 것까지도 없이 《드레이크》를 장착한 녹트가 우위를 점하고 있다.

대신에 룩스는 나무가 우거진 수풀 속을 누비며 추격하는 기세를 늦추고 있었다.

"아프지 않게라니, 대체 무슨 소립니까?!"

룩스는 돌아보지 않고 입으로만 대답했다.

"Yes. 죽지 않으면 좋겠는걸— 적인 의미입니다."

"기분 문제입니까?!"

"Yes. 그리고 될 수 있으면 괴로워하지 않았으면 좋겠는걸— 적인 의미이기도 합니다."

"왜 이젠 죽일 수밖에 없다는 듯한 분위기인 건데요?!"

역시, 멈출 수 없다.

멈추면 죽는다.

그리고 일단 자신의 정체가 발각되면 걷잡을 수 없는 사태가 일어날 테고―.

"Yes. ―그렇다면, 어쩔 수 없군요."

위험한 향기가 풍기는 말을 중얼거리는 것과 동시에 녹트는 기룡식총(機龍息銃)을 쥐었다.

장갑기룡의 에너지를 집속해서 발사하는 연사형 소총이다.

기룡사 상대로는 위력이 낮은 무장이지만, 맨몸으로 맞으면 뼈도 못 추린다.

"큭……!"

배후에서 방아쇠를 당기려는 낌새를 느낀 룩스는 있는 힘껏 비탈길 앞쪽으로 몸을 날렸다.

모습을 숨기기 위한 어둠 속에서, 밝게 빛나는 정문으로 향하는 길로.

거기에는― 건물까지 향하는 길을 밝히기 위한 화톳불이 있었다.

"으……?!"

순간적으로 녹트는 자신의 손으로 고글을 가렸다.

화톳불 그 자체를 벽으로 삼은 탓에 감도를 올린 시야에는 지나치게 눈부셨던 것이다.

"Yes. 《드레이크》의 성능은 알고 있는 듯하군요. 그러나 그것만으로는—."

《드레이크》의 고글을 통해서 얻을 수 있는 시야의 감도는 손쉽게 조정할 수 있다.

녹트가 다시 브레스 건의 조준을 조정하기 위해 손으로 가렸던 얼굴을 드러냈을 때.

"——?!"

바로 눈앞에서 불이 덮쳐들었다.

화톳불의 일부였던 불붙은 장작. 그것을 하나 들어 올린 룩스가 후방에 있던 녹트를 향해 집어 던진 것이다.

"크으……."

황급히 장갑으로 뒤덮인 팔을 휘둘러 장작을 튕겨냈다.

기룡사 상대로는 본디 공격 축에도 끼지 못할 눈속임용 투척.

그러나 녹트가 급정지한 틈을 노려 룩스는 정문 근처의 길에 도착했다.

때마침 녹트 일행과 같은 제복을 입은 소녀가, 정문에서 여자 기숙사 방향으로 천천히 걸어오고 있었다.

소녀가 휘말릴 우려가 있는 이상, 이제 브레스 건은 사용할 수 없다.

머리 한구석에서 그렇게 생각하며 녹트는 경악했다.

"어째서? 말도 안되는…… 일입니다."

아무리 힘 조절을 했다고는 하지만 맨몸으로 기룡사 세 사람을 상대로 도주에 성공하다니—.

"정체가 뭡니까? 저 소년은—."

"좋아, 이걸로 어떻게든—."

룩스는 배후에 있는 녹트가 총을 내리는 모습을, 살짝 뒤로 돌아서 확인했다.

이대로 달아나도 괜찮을 리는 없겠지만.

상대방이 진정하면 제대로 사정을 설명하고 사과하자.

"——."

그렇게 생각했을 때, 정신을 차리니 눈앞에 소녀가 있었다.

전력으로 달려온 룩스의 호흡이 순간적으로 멎었다.

아름다운 소녀였다.

날씬하고 가녀린 신체, 단정한 이목구비와 차가운 눈동자.

마치 완벽한 미술품처럼 소녀는 긴장도, 흐트러진 모습도 보이지 않고 룩스 앞에 서 있었다.

"쫓을 필요 없어. 내가 막을 테니까."

"크루루시퍼, 씨……."

눈앞의 소녀는 가볍게 오른손을 들어 올리며 뒤에 있는 녹트에게 말을 걸었다.

망설임이라곤 전혀 보이지 않는 그 동작에 룩스는 자기도 모르게 걸음을 멈추고 말았다.

"하아, 하아……. 저기…… 실례합니다. 저는, 그—."

뒤쪽 건물에서 "치한이야!"라든지 "속옷 도둑!" 따위의 비명이 작게 들려왔다.

"그래, 알고 있어."

황급히 변명하려 하는 룩스를 보며 소녀는 미소 지었다.

"꽤 귀여운 엿보기꾼 겸 치한 겸 속옷 도둑이구나. 아직 어린애잖아."

"엑……?! ……아, 아뇨…… 저는—."

동요하면서 룩스는 아주 약간 울컥했다.

확실히 눈앞의 소녀는 어른스러운 분위기를 풍기고 있긴 하지만, 자신과 비슷한 연령일 것이다.

그런데도—.

"……이래 봬도 저는 17세입니다만? 그야, 어려 보인다는 이야기는 심심찮게 듣는 편이지만—."

궁지에 몰린 상황이라는 것마저 잊고 룩스는 반론했다.

요정 같은 소녀는 불현듯 쓸쓸한 표정을 지었다.

"……그래. 하지만 사과할게. 미안하지만 상대가 어린애라 해도 범죄자를 그냥 보내줄 수는 없거든."

'어, 어린애라니, 왜 자꾸 아픈 곳을 건드리고 그래……?!'

이 소동과 전혀 관계없는 부분에서 룩스는 다시 심리적인 타격을 입었다.

그야, 갑자기 대욕탕에 뛰어든 주제에 변명조차 하지 못

© 2013 Ayumu Kasuga

하는 자신이 전면적으로 나쁘다는 것은 안다.

그러나 그것과는 별개인 프라이드 문제인 것이다.

이래 봬도 백병전 훈련은 그런대로 해온 편이라고 자부한다.

그렇다면—.

이런 어린애라도, 그런대로 할 수 있다는 것을 보여주마.

물론 공격할 생각은 물론이거니와 위협할 생각조차 없었다.

그저 발놀림, 풋워크만으로 그녀를 따돌리고 밖으로 달아날 작정이었다.

"……핫!"

그런 마음을 담아 룩스는 승부를 걸었다.

눈앞의 소녀를 따돌리기 위해 페인트를 섞어서 왼쪽으로, 그리고 터닝 후 오른쪽으로.

소녀는 반응을 보이지 않았다. 성공적으로 빠져나갔다.

룩스가 그렇게 확신한 순간—.

"—어설퍼."

크루루시퍼라고 불린 소녀의 목소리와 동시에 천지가 뒤집혔다.

"어—?!"

찰나의 의문 뒤에 전신에 충격이 달렸다.

대체, 무슨 일이—.

"그럼 뒷일은 부탁해. 나는 목욕하러 다녀올 테니까. 이제 엿보기꾼은 없겠지?"

담담한 목소리를 들은 직후 룩스의 시야가 암전했다.

그것이 크루루시퍼에게 내던져진 충격 탓임을 깨달은 것은 나중에 눈을 뜬 뒤의 일이었다.

긴 하루가 끝나고, 다시 시작된다.

Episode 2   귀족 자녀들의 학원

"하아. ……저질러버렸네."

어두컴컴한 지하실에서 룩스 아카디아는 눈을 떴다.

석벽과 쇠창살로 둘러싸인 침대와 변기 하나뿐인 간소한 독방.

수갑이나 차꼬[#2]는 차고 있지 않았지만, 소지품은 전부 몰수당한 것 같았다.

허리에 차고 있던 두 자루의 기공각검은 물론이거니와 애용하던 나이프나 공구 일체, 고양이에게서 되찾은 포셰트까지 사라졌다.

정확한 시간은 알 수 없었지만 천장에 뚫린 창문으로 들어오는 빛을 보고, 룩스는 아마도 아침 식사 무렵이겠거니 하고 예상했다.

"야단났네. 오늘도 일 예약이 잡혀 있는데……."

한숨을 푹 내쉬고는, 곰곰이 생각해보니 그런 걱정을 할 때가 아니라는 데에 생각이 미쳤다.

#2 차꼬 죄수들을 움직이지 못하게 매어 두는 형벌의 도구로서 족쇄나 수갑을 통틀어 이르는 말.

"그건 둘째 치고 내 정체도 완전히 드러났겠지……."

룩스의 특징적인— 구(舊) 황제 일족에게 유전되는 백은 빛 머리카락.

그리고 신(新) 왕가의 은사(恩赦)를 받은 『죄인』임을 나타내는 검은 개목걸이.

이만한 증거가 갖춰져 있으니 이미 정체 파악은 다 끝났을 것이다.

오랜 세월에 걸쳐 압정(壓政)을 펼쳐오다가 쿠데타로 인하여 멸망한 아카디아 구제국.

그리고 살아남은 황족인 룩스는 아티스마타 신왕국의 은사를 받아 석방되었고— 그 조건으로 『모든 국민의 허드렛일을 대신한다.』라는 계약을 맺은 것이 5년 전의 이야기이다.

하는 일은 가사 도우미부터 술집 웨이터, 목수, 대장장이, 밭일까지 각양각색이었다.

처음에는 다들 의심을 품고 전혀 관심을 보이지 않아 신왕국에서 받은 일을 담담히 수행해왔지만, 지금은 수많은 사람들에게 『편리한 녀석』이라고 인정받아, 한 달 뒤의 스케줄까지 빈틈없이 예약돼 있을 정도의 인기를 누리고 있었다.

그래서 이번에도 새로운 의뢰를 수행하기 위해 어떤 장소로 향할 예정이었으나—

"아무리 생각해도 그 일은 이미 늦은 것 같네……."

룩스는 유일하게 몰수당하지 않은 수첩 페이지를 들여다

보며 중얼거렸다.

업무 예정은 아직 잔뜩 밀려 있건만.

오랜만에 찾아온 오후부터의 한나절 휴식 시간에 그 고양이와 맞닥뜨린 것이 불운이었다.

"한 번 약속한 일을 어기면 빚이 또 늘어날 텐데. 이를 어—."

"정신이 들었나? 왕자님."

"우왁……?!"

갑자기 들려온 목소리에 룩스는 흠칫 놀랐다.

어느새 쇠창살 너머에 한 소녀가 서 있었다.

검은 리본으로 일부를 묶은 금발과 검 끝을 연상케 하는 날카로운 진홍색 눈동자.

하얀색을 베이스로 삼은 제복으로 몸을 감싸고, 어딘가 그늘진 미소를 보이고 있었다.

"그러니까, 너는—."

약간 키가 작은 편인 룩스보다도 한층 작달막한 하얀 소녀.

그럼에도 불구하고 소녀의 존재감은 무시무시하게 커다랬다.

당돌하고, 절대적이며, 동시에 누구도 얼씬하지 못하게 하는 강렬한 자신감을 두르고 있었다.

마치 술을 잔뜩 머금고 불이 붙은 케이크처럼, 달콤함과 뜨거움을 겸비한 인상의 소녀였다.

그 소녀가 불현듯 "훗." 하고 작게 웃었다.

"어젯밤에는 나를 구해줘서 고맙다. 게다가 굉장히 멋진 작업 멘트였다고? 나도 모르게 반할 뻔할 정도로 말이지."

"……아앗?!"

순간 룩스는 소리 질렀다.

생각났다!

어젯밤 룩스가 욕탕에 떨어졌을 때, 반사적으로 깔아 눕히고 만 예의 소녀를—.

노기를 띤 소녀의 기색에 룩스는 등줄기를 타고 식은땀이 흐르는 것을 느꼈다.

"훗. 뭐, 너한테 하고 싶은 말은 **죽도록** 많다만, 그전에 학원장이 할 말이 있는 듯하더군. 따라와라."

어딘가 그늘진 웃음을 룩스에게 보내며, 금발 소녀는 감옥의 자물쇠를 끌렀다.

"……학원장, 이라니?"

"호오. 순박하게 생겨서는 제법 약삭빠르군. 어딘지도 모르고 숨어들었다는 변명이라도 할 셈이냐? 이 학원의 여자 기숙사에.

"뭐…… 뭐어어어어어엇?!"

소녀의 대답에 룩스는 놀란 나머지 소리 지르고 말았다.

그리고 황급히 수첩을 꺼내 오늘 일정을 확인해보았다.

【현장】성채 도시 『크로스 피드』·왕립 사관 학원
【의뢰인】학원장, 렐리 아인그람
【업무내용】신왕국·제4 기룡 격납고의 기룡 정비

"그, 그럼, 설마 이곳은, 내가 이번에 일하러 올 예정이었
던—."

아티스마타 신왕국이 설립한 기룡사 양성 여학원.

그래서 어제 자신에게 덤벼들던 소녀들이 기룡을 사용하
고 있었나.

그것을 깨달은 룩스가 반쯤 정신 나간 모습으로 가만히
서 있자—.

"리즈샤르테 아티스마타."

"어……?"

눈앞의 소녀에게서 말과 미소가 되돌아왔다.

"내 이름이다. 신왕국 제1왕녀— 통칭, 붉은 전희(戰姬).
네 제국을 5년 전에 멸망시킨 신왕국의 공주다. 잘 부탁하
지, **왕자님**."

팡, 소녀는 친근한 태도로 어깨를 두드렸다.

그 눈은, 반은 웃고 있지 않았다.

"에에에에에에에엑?!"

룩스의 비명이 지하 감옥 벽에 메아리쳤다.

†

"후우……. 그럼 결국, 이번 일은 불행한 사고였다고 처리하면 되겠지요? 룩스 아카디아 군."

학원장실로 끌려간 룩스는 이런 소동이 일어나게 된 경위를 설명함과 동시에, 학원장인 렐리에게서 일하러 올 예정이었던 일터인 이 학원에 관한 설명을 들었다.

이곳은 아티스마타 신왕국이 관리하는 기룡사 사관후보생 학원.

소위 사관이라고 부르는— 무관과 문관을 아우르는 관리(官吏) 중에서도 서열이 높은 사람들을 육성하는 장소였으며, 더 자세하게 설명한다면—.

"장갑기룡과 관련된 인재를 육성하는 학원, 입니까……?"

"그런 셈입니다."

룩스의 질문에 렐리 학원장은 미소로 수긍했다.

학원장이라고 하지만 아직 젊다.

나이는 20대 후반 정도? 교사라고 해도 어울릴 정도의 풍모를 보이는 여성은, 자신을 렐리 아인그람이라고 소개했다.

그녀 자신도 국가와 직접 연결돼 있을 정도의 판로를 지닌 재벌의 영애, 다시 말해 순수한 규중처녀 중 한 명이다.

그리고— 과거 황족이었던 룩스를 아는 몇 안 되는 사람이기도 했다.

장갑기룡과 기공각검은 그 하나하나가 짝을 이루는 병기다.

장갑기룡은 평소에는 각지의 『격납고』라고 불리는 장소에 안치돼 있으며, 기공각검을 검집에서 뽑아 그립에 있는 버튼을 누르면 대응되는 기룡이 전송— 소환된다.

장갑기룡을 제외한 병기로는 그런 흉내를 낼 수 없다.

빛으로 변하여 공간 전이가 가능한 금속, 환옥철강(幻玉^{미스릴다이트}鐵鋼)과 기룡의 동력원인 핵석(核石), 환창기핵^{포스 코어}이 있기 때문에 가능한 곡예였다.

전송 자체의 메커니즘은 아직도 해명되지 않았다.

장갑기룡이 유적에서 발굴된 고대 병기라는 사실과 모종의 사정으로 인해 유적 조사 자체가 지지부진한 것이 주된 원인이었다.

그러나 그렇다 해도 장갑기룡이 지닌 힘은 『기술이 해명되지 않았다.』라는 이유만으로 사용을 두려워하기에는 너무나도 터무니없는 위력을 감추고 있었다.

따라서 기룡의 구조, 원리 해명을 위한 조사도 각국에서 치열하게 경쟁하는 중이었다.

"장갑기룡이 유적에서 발견된 지도 어언 십여 년. 우리 여성은 구제국이 펼쳐오던 남존여비 사상과 제도에 의해 그것의 사용이 거의 금지되어 있었죠. 하지만—"

렐리가 거기서 말을 한 번 멈추자 룩스 곁에 서 있던 리즈샤르테가 뒤따라서 입을 열었다.

"5년 전의 쿠데타를 통해 신왕국이 건국된 것을 기점으로 그 인식은 일변. 조종에 필요한 운동 적성이야 어쨌건 기체 제어에 필요한 상성 적성은 여자 쪽이 월등히 뛰어나다는 데이터가 보고된 이래로 전문 육성 기관을 설립, 타국에 지지 않을 기룡사 사관을 갖추기 위하여 그 육성에 힘을 쏟고 있다— 라는 이야기이다."

"네, 바로 그겁니다."

리즈샤르테의 보충에 렐리가 고개를 끄덕였다.

장갑기룡은 그전까지만 해도 전쟁의 주력이었던 검, 총, 대포, 말, 그 모든 존재를 밀어낼 정도의 초병기다.

등장한 이래로 전쟁, 외교, 상공업까지도 이제는 그것이 없으면 아무런 이야기도 할 수 없을 지경까지 와 있는 상태였다.

주변 정세가 그런 만큼, 기룡사 육성 기관이 있다는 정도는 룩스도 알고 있었다.

그러나—.

"하, 하지만 왜 저 같은 걸 부르신 겁니까?"

업무 의뢰를 한 사람은 학원장인 렐리.

룩스가 그 이유에 대하여 곤란한 표정으로 질문하자—.

"어머나. 바로 그『무패의 최약』이라고 불리는 사람이 꽤

나 겸손하군요."

연상다운 심술궂은 미소가 돌아왔다.

『무패의 최약』.

왕도 콜로세움에서 매달 한 번 개최되는 장갑기룡을 사용하는 공식 모의전.

전적에 따라 상금이 나오는 그 자리에 최다 출장 횟수를 자랑하는 룩스는, 그가 보여준 전투 스타일에서 비롯한 이명으로 불렸지만—.

"이 학원에서도 굴지의 파일럿인 리즈샤르테 양과 비교해도 뒤떨어지지 않는 실력이지요? 아예 어울리지 않는 일은 아닐 거라고 생각합니다만?"

"……호오."

렐리의 말을 인정할 수 없었는지 리즈샤르테의 눈썹이 움찔거렸다.

'어, 어쩐지 위험한 기분이 들어……!'

"그, 그런 게 아니라, 여기는 여학원인 것 같은데 제가 어떻게 일을—"

"안타깝게도 일손이 부족하거든요."

룩스가 이의를 제기하기 전에 렐리가 대답했다.

"기룡사의 역사는 아직 짧잖아요? 오랫동안 장갑기룡을 독점해온 구제국 파일럿의 대다수는 쿠데타 탓에 죽어버렸고. 그러니 바라는 바는 아니지만 정기적으로 남성 협력자를 초빙할 수밖에 없습니다. 기룡 정비사도, 기룡사도 말이에요."

"……저는, 정비 쪽은 거의 할 줄 모르는데요?"

"지금부터 배우면 됩니다. 파일럿으로서 예비지식이 있다는 것만으로도 귀중한 인재이니."

렐리는 즉답했다.

"이 학원의 부지 내에 있는 신왕국 제4 기룡 격납고. 그곳이 당신의 일터이니 오늘부터 주 3회 출근하세요. 너저분하고, 중노동인 데다가 다칠 위험도 있습니다. 양갓집 아가씨들에게 그런 일을 시킬 수는 없죠. 남자로 태어나길 잘했다는 생각이 들지 않나요?"

"……."

'여전히 막무가내야……'

룩스는 쓴웃음을 지었다.

렐리와 마지막으로 만난 것은 이미 몇 년도 더 전의 일이었지만, 이 종잡을 수 없는 성격과 빼어난 수완, 그리고 심술궂은 면모는 조금도 변하지 않았다.

재벌 클래스의 대상가(大商家) 아인그람 가문의 장녀인 것치고는 상당히 개성적이었다.

룩스가 내심 한숨을 내쉬자 렐리도 잠시 심호흡을 하고 말을 이었다.

"기룡사로서의 일은 조금 더 고려해볼 테니, 그쪽도 언젠

가는— 알겠지요?"

그렇게 이야기가 정리됐을 때.

"학원장. 잠깐 괜찮겠나?"

갑자기 리즈샤르테가 손을 들더니 대화에 끼어들었다.

"무슨 이야기인지는 알겠다. 허나 **우리**는 아직 이 남자를 인정하지 않았다만?"

날카로운 눈초리로 룩스를 응시하며 그렇게 말했다.

그녀의 입꼬리는 보일 듯 말 듯한 미소를 그리고 있었다.

"……"

정말 아가씨가 맞기는 한 걸까, 이 아이.

뭐랄까, 굉장히 살벌한 기세가 느껴진다.

아니 뭐, 목욕하는데 그런 짓을 저지른 나한테만 이러는 걸지도 모르지만.

"내 의문은 아직 해소되지 않았다. 이 남자는 엿보기꾼, 치한, 속옷 도둑인 변태에 범죄자다. 그런 『남자』를 이 학원에 고용하겠다니, 얼토당토않은 이야기로군. 아니, 그 이전에 군대에 넘기는 것이 급선무다. 법의 심판을 받고 몇 년 정도 콩밥을 먹은 다음에나 바깥 공기를 마셔야 한단 말이다!"

"아, 아니, 그러니까 그건 오해—?!"

룩스는 반박하려 했지만, 리즈샤르테가 찌릿 노려보자 입을 다물었다.

"그래, 고양이를 쫓다가 우연히 목욕탕에 난입했다고 했었나. 허나, 그건 어떻게 증명할 생각인가? 학원장, 적어도 내 사견으로는 신용도가 낮은 범죄자를 눈감아 주는 것은 되레 위험한 행동처럼 보이는군."

"그렇군요. 저는 다른 접점이 있었으니 룩스 군에 대해서 잘 알고 있지만—."

리즈샤르테의 말에 렐리는 쓴웃음을 지었다.

"이번 소동이 정말로 우연한 사고라고는 좀처럼 확언할 수 없겠네요."

"여기선 좀 확언해줬으면 좋겠는데요?!"

룩스는 몹시 억울해 보이는 모습으로 호소했다.

틀림없이 자신의 편을 들어줄 거라고 생각했건만.

"하지만 실제로 고의인지 어떤지 추궁한다면 누구에게도 증명할 수 없잖아요? 그렇다면 이번 일의 피해자이자 2학년 수석이기도 한 리즈샤르테 양. 그의 처분은 당신의 재량에 맡겨도 될까요?"

"네에엑?!"

'왜 맡기는 건데요?!'

그런 뜻이 담긴 영혼의 절규를 룩스는 필사적으로 눌러 삼켰다.

룩스는 신왕국이 건국될 때의 은사(恩赦)로 과거 황족이었다는 죄를 사함받아 가석방되긴 했으나, 동시에 그때 맺은 계약 탓에 국가 예산의 5분의 1에 상당하는 빚을 지고 있었다.

그런 『죄인』인 룩스가 다른 범죄에까지 연루되는 것은 형편상 아주 좋지 못한 이야기였지만—.

"훗."

당황하는 룩스를 지켜보던 리즈샤르테가 작게 코웃음 쳤다.

"뭐, 좋다. 그렇다면 너에게도 한 번 정도는 명예를 회복할 수 있는 기회를 주지."

"……네?"

"네가 정말로 『남자』 기룡사로서 이 학원에서 써먹을 만한 가치가 있는 녀석인지, 단순한 변태가 아닌 것인지, 그 기개와 실력을 내가 친히 시험해주마."

그렇게 선고한 리즈샤르테는 허리에 찬 검의 자루를 쓰다듬으며, 천천히 학원장실 문 쪽으로 걸어갔다.

"나한테 진다면 너는 범죄자로서 감옥행, 이긴다면 무죄 방면은 물론 이 학원에서 일해도 좋다. 승부는 장갑기룡을 사용한 단시간 1대1 모의전. —이거면 만족하겠지, 이 구경꾼들!"

그렇게 말하며 리즈샤르테가 문고리를 비튼 순간.

"꺄악……?!"

우르르르, 문 너머에 모여 있던 여학생들이 일시에 방 안

쪽으로 넘어지며 산을 만들었다.

아무래도 소문으로 들은 룩스의 처우가 궁금해서 밖에서 엿듣고 있었던 모양이다.

"학원의 모든 이에게 전해라. 관객은 많을수록 좋은 법이지. 신왕국의 공주가 구제국의 왕자를 무릎 꿇리는 구경거리에는 특히나 더욱."

꺄아아아악.

그 말을 들은 여학생들은 즐거운 비명을 지르며 가버렸다.

"일이 엄청 커졌어! 리즈샤르테 님께서 이번에 나타난 치한이랑 장갑기룡으로 결투를—."

"상대는 『무패의 최약』이라는 것 같던데? 누구 자세히 아는 사람 있어?"

"애초에 구제국의 왕자님이라면서? 그 속옷 도둑의 정체."

"외모는 취향이었는데— 아깝네요."

방에서 나간 리즈샤르테와 함께 그런 목소리가 들려와서 룩스는 할 말을 잃었다.

저 기세라면 결투 전에 온 학원에 소문이 퍼져나가리라.

"……."

어쩐지, 일이 거창해졌네…….

"교육 체제를 살짝 재검토할 필요가 있으려나요? 이곳은 그래도 엄격한 방침의 학교인데 말이죠."

렐리가 어이가 없다는 투로 혼잣말하자 룩스는 자기도 모
르게 하려던 말을 삼켰다.

아무리 생각해봐도 당신의 영향이거든요…… 라는.

"그나저나 룩스 군. 결투 전에 잠시 들러줬으면 하는 장소
가 있어요."

"어…… 그게 어딘가요?"

"바로 근처의 응접실이에요. 당신 여동생이 거기서 기다리
고 있답니다."

"─네?"

놀란 목소리로 대답하는 룩스를 향해 렐리는 그저 웃음
만 돌려줄 뿐이었다.

†

"정말이지, 오빠는 무슨 짓을 하고 다니는 거예요? 뭐라
고 할 말이 없네요."

학원 방문객용 응접실.

역시 귀족 자녀들이 모이는 학원 내에 있어서 그런지 가
구 및 각종 도구류에서 고급스러움이 느껴지는 그 방에는
두 여학생이 기다리고 있었다.

한 사람은 면식 있는 조용한 이미지의 흑발 소녀.

또 한 사람은 룩스와 같은 은발에, 마찬가지로 개목걸이

를 차고 있는 소녀였다.

고급스러운 앤티크 인형처럼 우아하고도 차분한 분위기는, 오빠인 룩스보다도 어쩐지 더 어른스럽게 느껴졌다.

"그게— 이래저래 미안해, 아이리."

룩스는 친여동생인 아이리 아카디아에게, 우선 가볍게 사과했다.

그 모습을 본 아이리는 탄식과 동시에 어깨를 으쓱하며 곁에 있던 소녀에게로 시선을 옮겼다.

"이 아이는 여자 기숙사에서 저와 함께 생활하는 룸메이트예요. 이름은— 부탁해도 될까요?"

"Yes. 1학년인 녹트 리플렛…… 이라고 합니다. 어젯밤에는 실례가 많았습니다."

얌전한 인상의 소녀는 가만히 작은 머리를 숙이며 룩스를 바라보았다.

어젯밤의 목욕탕 난입 사건.

그때 자신을 추격한 삼인조 가운데 한 사람이다.

"아무래도 당신은 정말로 고양이가 물고 간 포셰트를 쫓고 있었을 뿐이었던 것 같군요. 섣불리 변태 취급을 해서 송구스러울 따름입니다."

"아, 저야말로 죄송해요. 그…… 속옷이 들어 있을 거라곤 예상도 못 해서……. 그래도 다행이네요. 짐은 무사한 것 같으니."

어젯밤에는 상당히 과격한 애라고 생각했지만, 아무래도 솔직하고 좋은 아이인 것 같았다.

'나를 믿어주고 있기도 하고, 기쁜걸……'

녹트를 바라보는 룩스의 입가가 느슨해지자—.

"저기, 두 분이 즐겁게 이야기를 나누는 데 방해해서 미안하지만요—."

두 사람의 대화를 도끼눈으로 지켜보고 있던 아이리가 언짢은 표정으로 입을 열었다.

"오빠 덕분에, 지금 그러고 있을 때가 아니거든요?"

"아……."

룩스가 정신을 차린 순간 아이리는 다시 한숨을 내쉬었다.

"하아……. 체면 때문에 멋진 오빠라고 주위에 열심히 설명해두었는데, 대체 이걸 어떻게 할 거예요? 엿보기꾼에, 속옷 도둑에, 치한? 가족이 범죄자라니, 학원에서의 제 입장도 좀 생각해주세요."

"아, 체면치레였구나…… 가 아니라, 그러니까 전부 오해라니까?!"

"Yes. 얼굴만큼은 일단 왕자님답지 않나 싶군요. 다소 미덥지 못한 구석은 있습니다만."

"……칭찬해주나 싶었더니, 다시 나락으로 떨어뜨렸어?!"

수수하게 충격받았다.

역시 이 녹트라는 소녀도 약간 괴짜인 것 같다.

"그럼 본론으로 들어갈까요."

에헴 하고 헛기침을 한 뒤, 아이리는 소파에 앉았다.

뒤따르듯이 룩스가 마주 보고 앉자, 녹트는 미리 준비해 둔 찻주전자를 들고 찻잔에 차를 따라주었다.

"솔직히 말해서 저는, 가끔은 오빠도 따끔한 맛을 좀 봤 으면 좋겠다고 생각해왔지만—."

"너무한데?!"

룩스의 반응을 무시하며, 아이리는 진지한 얼굴로 이야 기를 이어갔다.

"이번 일만큼은 좀 특별해요. 만약 오빠가 체포당하기라 도 하면, 저 혼자서 무슨 수로 빚을 변제하라는 건가요?"

"……."

'너, 너무 말이 심하잖아……!'

구제국 가운데에서도 괄시받던 생존자 황족 남매.

신왕국의 건국과 동시에 베풀어진 은사의 계약 내용은, 한 명이 『잡역부』가 되어 신왕국의 국가 예산을 일부 부담 해서 노동력을 제공하는 것.

그리고 다른 한 명은 왕가의 눈길이 닿는 자리에서 살라 는 것이었다.

룩스가 달아나거나 불미스러운 일을 저지르면, 그를 대신 하여 아이리가 처분 받게 되는 구조였다.

하지만 룩스는 이 계약 내용 자체에 불만을 가진 적이 없

2013 Ayumu Kasuga

었다.

그 누가 어떤 허드렛일을 부탁하더라도 반드시 수락해야 한다는 제약은 있었지만, 『왕국의 소유물』인 만큼 그렇게까지 심한 처사를 받은 적은 없었다.

애초에 오랫동안 압정을 펼쳐온 구제국의 황족 따위는 누군가의 원한을 사서 살해당한다 해도 이상하지 않은 법이다.

그런 의미에서 본다면 빚을 변제하기 위해 일하고 있는— 죗값을 치르는 죄인이라는 명목으로 신왕국의 비호를 받고 있다고도 할 수 있다.

뭐, 그 밖에도 숨겨진 속사정이 조금 있긴 했지만.

"그러니 오빠는 어떻게 해서든 리즈샤르테 님을 이겨야만 해요. 하지만—."

아이리는 말끝을 흐렸다.

"그 여자애, 강해?"

룩스가 물었다.

그가 출전했던, 왕도에서 개최되는 기룡사 토너먼트에 리즈샤르테가 출장한 모습을 본 기억이 없었기 때문이다.

"저희 학원 학생들은 토너먼트 참가가 금지돼 있어요. 군사력을 감추기 위해서이기도 하지만, 사관후보생인 학생들이 지기라도 하면 체면이 깎이니까요."

"그렇구나…… 그렇다면."

"네. 대신 이 학원에서는 교내전(校內戰)을 정기적으로 실시하고 있어요. 리즈샤르테 님은 현재 무패예요. 게다가 신장기룡(神裝機龍)을 사용하기 시작한 뒤로는 압도적인 힘으로 연승 가도를 달리고 있구요."

신장기룡.

기룡 중에서도 특별한 힘을 보유한 그것을 다룬다고 하면 확실히 강적일 것이다.

"으음— 좀 힘들 것 같네."

아이리의 말에 룩스가 곤란한 표정으로 그렇게 말하며 머리를 긁적이자…….

"Yes. 그렇다면 제가 리즈샤르테 님께 결투 철회를 부탁드린다고 진언하겠습니다."

"어머나. 그건 안 돼요, 녹트."

그렇게 나온 녹트를 아이리는 부드러운 웃음으로 제지했다.

"자기가 저지른 행동은 자기가 책임지는 게 제일이지요. 정말이지, 예전부터 생각하는 족족 행동으로 옮길 줄만 알지 조금도 냉정하게 움직일 생각을 하지 않으니까 이런 상황에만 부닥치는 거라구요."

"우와, 말이 너무 심한 거 아냐?! 은사를 받은 날부터 『잡역부』의 사명은 내가 계속 해왔는데?!"

"흐응. 그럼 오빠는 이제 와서 제 대신 신왕국의 인질이 되고 싶다, 그 말인가요?"

룩스의 반론을 아이리는 자기 알 바 아니라는 태도로 맞

받아쳤다.

그리고 별안간 하얀 손가락으로 룩스의 목덜미를 더듬었다.

"윽……?! 잠깐, 아이리, 무슨 짓—?!"

키스라도 당할 듯한 거리까지 얼굴이 가까워지자 룩스의 가슴이 요동쳤다.

"오빠. 인질로서 감시당하는 몸이라는 것도 생각처럼 편하기만 한 것은 아니랍니다? 저는 이 개목걸이 탓에 언제나 타인에게서 기이한 눈길을 받고 있어요. 그래도 원활한 인간관계를 유지할 수 있는 건 오로지 제 인성, 노력의 산물이라고 생각해요. 아, 그리고 말이죠, 저도 빚 변제에는 꽤 공헌하고 있답니다? 『유적』에서 발굴된 고문서의 해독이나 장갑기룡의 설명서 등, 학원에서 공부하는 와중에도 한밤중까지 부업으로 얼마나 벌고 있는지 구체적으로 얘기하자면 말이죠—."

"아, 알았다고. 내가 잘못했다니까……."

"홋, 또 이겼네요. 이걸로 102전 102승이에요. 제가 오빠한테 지는 날은 언제쯤이나 오려나요?"

어린애 같은 미소를 머금고 아이리는 훌쩍 자리에서 일어났다.

언제나 이런 식이다…….

지난 몇 년간 룩스가 말싸움에서 이긴 적은 없다.

이 우등생 여동생은, 예전에는 병약한 탓에 어머니와 룩스 곁에서 잠시도 떨어지려 하지 않았으나 지금은 몹시 강한 아이가 되었다.

"사이가 좋군요."

녹트는 그런 아이리의 모습이 뜻밖이었는지 그렇게 말하며 쓴웃음 지었다.

"자, 그럼 슬슬 가볼까요? 따라오세요."

"간다니, 어디에?"

"기룡 격납고요. 모의전을 치르기 전에 기체를 점검하는 건 학원의 필수 사항이거든요. 일단 거기까지는 안내할게요. 가는 동안에 리즈샤르테 님에 대한 대책도 가르쳐드리구요."

산뜻하게 대답하며 아이리는 먼저 응접실을 나섰다.

룩스가 한숨을 내쉬며 그 뒤를 따라가자—.

"뭐, 그래도, 아직 누구에게도 져본 적이 없다는 건, 오빠도 마찬가지잖아요?"

확신이 가득한 목소리가 룩스의 귓가를 간질였다.

"……."

그리고 학원에서 약간 떨어진 곳에 있는 기룡 격납고로 이동한 룩스는 기공각검을 돌려받았고—.

마침내 결투의 순간이 찾아왔다.

Episode 3 　붉은 전희

"그럼 지금부터 신왕국 제1왕녀 리즈샤르테 vs 구제국 전제7황자 룩스의 기룡 대항 시합을 거행하겠습니다!"

심판을 맡은 교관의 목소리와 동시에 무대가 환호성과 열기로 뒤덮였다.

학원 부지 내에 있는 장갑기룡 연습장.

주위를 석벽이 원형으로 에워싸고 있었고, 안에는 흙이 깔린 넓은 링이 있었다.

리즈샤르테와 룩스는 그 중앙에서 대치하고 있었다.

중심 링은 낮고, 거기서부터 바깥으로 갈수록 높아지는 형상은 구시대의 콜로세움을 방불케 했다.

관객석에는 튼튼한 창살이 쳐져 있는 데다가 학생 기룡사 여러 명이 계속해서 장벽을 전개하며 보호하고 있었으니 휘말릴 걱정은 없었다.

룩스가 주위를 둘러보자 상당한 수의 여학생들, 그리고 교관까지도 이 사적인 싸움이라고 할 만한 결투를 구경하러 모여든 것 같았다.

"어째서 이렇게 많이 모여든 걸까……."

엄청나게 몰려든 학원 관계자들의 시선을 느끼며 룩스는 긴장했다.

다들 너무 한가한 거 아냐?

멋대로 볼 만한 구경거리 취급 하고 있는데…….

"이유를 알고 싶나? 룩스 아카디아. 내가 어째서 너에게 결투를 신청했는지."

룩스의 눈앞에서 리즈샤르테가 대담하게 웃었다.

아직 두 사람 모두 장갑기룡은 장착하지 않은 상태였다.

장갑기룡을 장착하기에 적합한, 신체에 딱 맞는 『장의(裝衣)』라 불리는 옷을 입고서 링 위에 가만히 서 있었다.

시합 준비가 끝난 뒤 기공각검을 뽑고, 모든 선수가 장갑기룡과 접속됐음을 심판이 확인한 다음에 결투 시작을 알리는 신호가 내려진다.

왕도의 토너먼트에서 사용하는 룰과 거의 같았다.

"—내가 구제국의 왕자라서?"

룩스는 눈앞의 공주에게 물어보았다.

백 년 이상이나 압정을 펼치며 남존여비 사상과 제도를 강요하던 구제국.

그 생존자인 몰락 왕자를 신왕국의 공주가 때려눕힌다.

남녀와 국가. 두 개의 인연을 품은 결투.

확실히 옆에서 본다면 이만큼 이목을 끄는 구경거리는 없을지도 모른다.

그러나—.

"그건 내게 이기면 가르쳐주마."

룩스는 마음에 걸렸다.

정말로 그 이유가 전부인가?

확실히 리즈샤르테는 호전적인 소녀가 틀림없다고 생각한다.

하지만 그때 목욕탕에 떨어져서 자신의 몸으로 그녀를 뒤덮은 직후, 그녀가 룩스를 향해 보였던 시선은— 단순한 수치심만이 아니었다.

"어 그럼, 싸우기 전에 하나만 확인해도 괜찮을까요?"

"뭐지? 겁이라도 먹었나? 이제 와서 목숨을 구걸하다니 꼴사납군."

"목숨 구걸이라니…… 죽일 생각이었습니까?! ……그게 아니라, 그, 무승부로 끝나면 이번 승부는 없었던 일로 해주시지 않겠습니까?"

"……."

한순간의 침묵.

불현듯 리즈샤르테의 기척이 변했다.

"홋. 내 기분 탓인가?"

룩스의 질문에 리즈샤르테는 벌꿀색 앞머리를 쓸어 올리며 미소 지었다.

"여기까지 와서 잠꼬대를 들은 것 같은 기분이 드는군."

"잠꼬대가 아니라, 저는 진심으로……."

"그러냐. 그럼 좋다."

리즈샤르테가 실눈을 뜨며 기공각검의 자루에 손을 얹었다.

"내 **정체**를 알고서도 그런 말을 하는 거라면, 그 부탁을 들어주마."

꿰뚫는 듯한 시선에 등줄기에 오한이 일었다.

이 소녀는, 평범한 공주가 아니야!

"룩스 선수, 접속 준비를 하십시오!"

동시에 심판을 맡은 교관이 룩스를 재촉했다.

"……."

어쩔 수 없이 룩스는 기공각검을 뽑았다.

서로 색이 다른 두 검집 중 하나, 하얀 검집에서.

"오라, 힘을 상징하는 문장의 익룡. 나의 검을 따라 비상하라, 《와이번》."

자루에 있는 버튼을 움켜쥐며 목소리를 높였다.

기룡을 전송하기 위한 영창부(詠唱符).

계약자의 목소리를 인식한 도신의 은선이 창백한 빛을 띠었다.

키잉— 룩스 앞에 빛의 입자가 모이며 푸른 기룡이 모습을 드러냈다.

"접속·개시."

커넥트 온

다시 읊조리자 순식간에 기룡의 장갑이 열리며 룩스의 몸을 뒤덮었다.

머리, 양팔, 어깨, 허리, 양다리, 그리고 날개, 무장.

기룡과 마찬가지로 유적에서 발굴된 장의는 환창기핵에서 발생하는 에너지를 효율적으로 전달해서 일반적인 장벽과는 별도로 그 표면에도 강력한 장벽을 발생시켜 장착 부위를 보호해준다.

용을 본뜬 기계 장갑은 룩스와 일체화하는 것처럼 장착되어 그의 체형보다 갑절은 더 거대한 기룡사가 되었다.

유적에서 발굴된 고대 병기.

막강한 전력을 감춘 그 위광은, 그러나 순식간에 자신 앞에 나타난 거대한 위압감에 압도당하고 말았다.

"다른 하나의 검은 장식이냐? 룩스 아카디아."

"윽……?!"

순간 룩스는 눈을 부릅떴다.

리즈샤르테의 신체가 본 적 없는 붉은 기룡으로 뒤덮여 있었다.

소위 범용기룡이라고 부르는 3종, 비상기룡(飛翔機龍), 육전기룡(陸戰機龍), 특장기룡(特裝機龍)과는 판이한 외관.

와이번

와이엄

드레이크

룩스의 《와이번》보다 훨씬 거대한 붉은 기룡이 그 자리에 있었다.

"신왕국의 왕족 전용기. 신장기룡—《티아마트》. 이 기룡은 도처에 널려 있는 것들과는 격이 다르다."

"······."

신장기룡.

그것은 세계에서 단 한 종류씩밖에 존재가 확인되지 않은 희소종 장갑기룡.

그 기체 성능은 범용기룡을 아득히 뛰어넘는다.

그러나— 동시에 정신력과 체력 소모, 조작 난이도도 격이 달랐다.

사용 시의 피로 탓에 목숨을 잃는 일도 심심찮게 일어나는 신장기룡의 소유는 신왕국의 법률로 엄격하게 제한되어, 그에 걸맞은 실력을 지닌 사람이 아니라면 사용 허가가 나오지 않았다.

즉, 이《티아마트》를 다룬다는 것 자체가 둘도 없을 만한 재능과 부단한 노력의 증거인 것이다.

다만— 룩스는 그 사실을 인식하면서도 냉정함을 잃지 않았다.

'괜찮아. —아직, 할 수 있을 거야.'

룩스의《와이번》은 베이스 자체는 범용기룡이었으나 부품과 무장은 방어를 특화하는 방향으로 개조돼 있었다.

왕도에서 최다 횟수의 모의전을 치르고, 그러면서도 시합에서는 단 한 번도 패한 적이 없는 『무패의 최약』이라고 불리는 솜씨.

아무리 상대가 신장기룡이라 해도 어떻게든 버틸 수 있을 것이다.

시끄럽게 떠들어대던 관객들이 잠잠해졌다.

피부를 찔러대는 긴장된 분위기, 그것을 깨뜨리는 듯한 날카로운 벨 소리가 링에 울려 퍼졌다.

"모의전, 개시!"
<small>배틀   스타트</small>

심판의 목소리와 동시에 두 기의 장갑기룡이 움직였다.

먼저 비상한 것은 《티아마트》를 장착한 리즈샤르테.

유적에서 전해지는 여신의 이름을 붙인 붉은 기룡은, 상공으로 날아오름과 동시에 오른팔에 들고 있던 기룡식포(機龍息砲)— 기룡 전용 무장인 대포를 조준했다.
<small>캐논</small>

룩스는 기룡아검(機龍牙劍)을 뽑아 역시나 비행 기능을 지닌 《와이번》으로 상공의 리즈샤르테를 추격하려 했지만, 그녀가 조준하는 모습을 보고 공중에서 움직임을 멈췄다.
<small>블레이드</small>

"설마, 시작부터 쏠 생각인가……?"

기룡식포.
<small>캐논</small>

용이 뿜어내는 강렬한 불꽃을 떠올리게 하는 주포.

동력인 환창기핵에서 생성된 에너지를 충전, 발사하는 고열과 충격을 간직한 일격은 집 한 채 정도는 너끈히 날려버릴 정도의 위력을 지니고 있다.

하지만 발사하기까지는 『충전』이 필요한 탓에, 그 사이에 상대방이 회피를 위한 충분한 간격을 벌리거나 방어 채비를 갖추고 마는 것이 약점이다.

실제로 룩스도 현재 충분히 회피할 수 있는 간격을 두고 있었다.

그래서 1대1 전투가 개막하자마자 사용할 만한 물건은 아니었지만―.

"홋……!"

그런 룩스의 생각을 읽기라도 한 것처럼 리즈샤르테가 웃었다.

그리고 룩스를 향해 고정된 캐논의 포구를 슬쩍 약간 옆쪽으로 돌린 다음―.

"……?!"

투웅!

발사했다.

요동치는 고열의 광선이 상공에서 지상 링을 향해 직선으로 쏘아졌다.

그러나 당연히 룩스를 노린 것이 아니었기 때문에 움직이지 않는한 맞을 일은 없었다.

위협인가, 아니면 몸풀기?

이해할 수 없는 리즈샤르테의 행동에 룩스의 몸이 약간 경직됐다.

그 찰나—.

"핫."

저 멀리 공중에 떠 있던 리즈샤르테가, 룩스를 내려다보며 입가에 반원을 그렸다.

오른손에는, 지금 막 발사한 캐논.

그리고 왼손은— 기공각검의 자루를 붙잡고 있었다.

기공각검은 기룡과 그 무장을 정신 조작 하기 위한 조종간의 하나, 즉—.

"—큭?!"

느닷없이 대형 철퇴^{해머}에 얻어맞은 듯한 충격이 룩스의 옆구리를 덮쳤다.

그 탓에 《와이번》째로 측방으로 나가떨어지고 말았다.

즉, 리즈샤르테가 일부러 빗나가게 발사한 본래의 포격, 룩스는 그 궤도 위로 들어간 것이다!

"뭣……?!"

완전히 허를 찔린 회피할 수 없는 타이밍.

룩스의 《와이번》의 장갑이 아무리 두껍게 튜닝돼 있다고 해도, 최대로 충전된 주포에 그대로 노출되면 일격에 끝장이다.

룩스는 순식간에 블레이드를 비스듬하게 기울여서 포격을 방어했다.

환창기핵에서 뽑아낸 에너지를 전력으로 흘려보내 칼날을 뒤덮었다.

원래는 파괴력을 증폭하기 위해 사용하는 능력이지만, 그 방법을 이용해서 포격의 위력을 경감시키며 자신도 포격 궤도 밖으로 튕겨져나갔다.

"으, 앗⋯⋯!"

그대로 날려져서 공중을 회전하는 룩스를 노리고 더욱 빠르게 움직이는 무언가가 날아들었다.

파손된 블레이드를 재빨리 휘둘러서 네 개의 비행 물체를 튕겨내자, 그것은 공중에서 정지하더니 리즈샤르테의 곁으로 돌아갔다.

"저건—!"

"흐음. 생각 이상으로 잘 버티는군."

《티아마트》를 장착한 리즈샤르테가 룩스를 내려다보며 대담하게 웃었다.

그녀에게서 약간 떨어진 위치에 거대한 화살촉 형태의 물체 네 개가 떠 있었다.

"설마 그 자세에서 검을 방패 삼아 내 공격을 비껴낼 줄이야. 자존심에 금이 가는구나. 명불허전 『무패의 최약』이라고 해야 하나?"

"무, 무슨 짓을—?!"

하늘에 떠 있는 리즈샤르테를 올려다보며 룩스는 식은땀을 흘렸다.

"왜 그러는가? 여동생이 내 특수 무장에 대해서도 알려줬을 텐데?"

"그, 그건, 그렇긴 하지만—."

신장기룡만이 사용하는 전용 특수 무장.

《티아마트》가 지닌 특수 무장 《공정요새(空挺要塞)》에 대해서는 룩스도 아이리를 통해서 들은 바가 있었다.

그것은 《티아마트》가 제어하는 소형 유선형 금속체로, 그것 자체가 추진력을 지닌 원격 투척 병기였다.

평상시에는 기체에 네 개 정도를 장비, 발사한 유닛을 자유자재로 조작하며 직접 충돌시켜서 적을 파괴했다.

그 성가신 성질 탓에 룩스도 물론 경계를 늦출 생각은 없었지만—.

"……큭!"

'하지만, 아무리 그래도 저런 사용법은—.'

리즈샤르테는 개막과 동시에 비상하며 《공정요새》를 룩스 몰래 측방으로 발사. 거기에 더해서 기룡식포를 룩스에게 조준한 것이다.

출력과 성능에서 범용기룡을 압도하는 신장기룡.

그러한 물건이 갑자기 주포를 조준한다면 누구라도 의식

이 그쪽으로 쏠리기 마련이다.

　게다가 측방으로 일부러 빗나가게 발사하여 룩스의 의식이 우측으로 향하게 만든 뒤, 그의 시야에 노출되지 않도록 우회시킨 《공정요새》를 좌측에서 때려 넣어 최대 출력 포격의 본궤도에 밀어 넣어 공격했다.

　일격필살의 계략.

　일말의 자비도 찾아볼 수 없는 악마 같은 전술.

　무엇보다도 두려운 것은, 그 일련의 동작이 그야말로 물 흐르듯 매끄러웠다는 것이다.

　아무리 우수한 전술이라 해도 움직임이 부자연스러우면 그 시점에서 간파, 회피할 수 있다.

　그러나 룩스는 왕도에서 모의전을 치르면서도 이만한 상대와 싸워본 적은 거의 없었다.

　정말로 신왕국의 공주가 맞단 말인가? 이 소녀는—.

　"구제국 제7황자, 룩스 아카디아여."

　룩스가 자세를 가다듬자 리즈샤르테의 목소리가 내려왔다.

　"솔직히 얕보고 있었다만, 철회하도록 하지. 상당한 실력자로구나. 약간 감동했다. 하지만 말이다, 이참에 말해두마. 그 부서진 《와이번》을 해제하고 다른 한 자루의 기공각검을 사용해라."

　조금 전보다 상냥하고, 친애가 담긴 음색.

　주위의 관객석에서 작은 동요가 일어났다.

"어떤 장갑기룡인지는 모르겠다만, 반파된 그 녀석보다는 낫겠지. 보여다오, 너의 전력을."

"……어, 그럼 나도 한마디만 해도 될까?"

리즈샤르테의 말에 룩스는 하늘을 올려다보았다.

이미 룩스의 주력 무기인 블레이드는 반파, 방어 장갑은 3분의 1이 깎여나간 데다가 장벽도 충분하게 만들어내지 못하고 있었다.

남은 《와이번》의 장비는 탄막 사격용 기룡식총 한 정, 근접 전투 및 투척용 단검인 기룡조인(機龍爪刃) 세 자루. 중거리용 용미강선(龍尾綱線)이 하나였다.

어느 것이든 《티아마트》의 방어 장벽과 두꺼운 장갑을 관통할 수 있을 만한 장비는 아니었다.

하지만—.

"미안하지만— 이 검은 사용할 수 없어."

그래도 태연한 모습으로 룩스는 말했다.

"그러니까 이대로 무승부로 끝나면, 이번 일은 넘어가 주지 않을래? 솔직히 다른 일이 꽉꽉 들어차 있거든. 모, 목욕탕에서 있었던 일은 미, 미안해. 사과하겠지만—."

룩스의 말에 리즈샤르테의 눈썹이 꿈틀거렸다.

그리고 뺨만이 아니라 얼굴 전체를 붉히며 기룡과 함께 온몸을 부들부들 떨기 시작했다.

룩스는 물론 진심으로 꺼낸 이야기였다.

그러나 『얕보고 있다.』라고 생각한 것이리라.

"핫. 그래. 단순한 바보가 아닌 것 같군— 이 천하의 천치 자식!"

리즈샤르테가 갑자기 기공각검을 높이 들어 올리며 소리쳤다.

"《티아마트》여! 본성을 드러내거라!"

목소리와 동시에 주위의 관객석에서 큰 아우성이 파문처럼 퍼져나갔다.

그 직후 《티아마트》의 주위에 빠직, 빛이 달리더니 무언가 전송되기 시작했다.

평소에는 부담이 큰 탓에 좀처럼 사용하는 일이 없었던 ^{사이드 웨펀}
부속 무장.

조금 전에 사용했던 캐논보다도 두 배 이상 거대한 주포.

그것이 《티아마트》의 오른쪽 어깨와 왼쪽 팔에 연결— 접속됐다.

"저것은—!"

일곱 개의 포구를 지닌 거대한 포신.

여신 티아마트는 마물의 군세를 낳고 그 뒤를 따라 자신도 일곱 개의 머리를 지닌 용으로 화했다.

《일곱 개의 용머리》라고 불리는 그 부속 무장의 이름은,
아이리에게 듣기는 했으나—.

"춤은 잘 추는가? 룩스 아카디아."

절대적인 자신감과 위압적인 미소.

우아한 목소리와 함께 리즈샤르테는 기공각검을 들었다.

"내 댄스는 조금 거칠거든. 나를 즐겁게 해다오, 왕자님."

그 주변에는 조금 전까지 네 개였던 《레기온》의 수도 늘어나 네 배— 도합 열여섯 기의 투척 병기가 하늘을 수놓고 있었다.

아무래도 이 무장도 기공각검에 의해 추가로 전송된 것 같았다.

무장의 수에 비례해서 몸에 걸리는 부담이나 조작 난이도도 배가 됐겠지만—.

"큭……!"

그 반면에 룩스의 무장은 너무나도 빈약.

기체 성능 자체도 역시나 크게 뒤떨어졌다.

너무나도 압도적인 전력 차.

그렇기 때문에— 룩스는 승기를 감지했다.

"자, 잠깐 기다리십시오! 리즈샤르테 공주! 상대를 죽일 생각입니까?! 《티아마트》의 부속 무장까지 사용하면, 아무리 힘 조절을 한다 해도 모의전의 영역을 넘고 맙니다!"

그것을 본 감시역 교관들이 황급히 그녀를 저지하려 했지만—.

"그렇다는군. 패배를 인정하겠는가?"

공중에 떠 있는 리즈샤르테의 물음에 룩스는 짧게, 그러나 단호하게─.

"아니─ 나는, 아직이야."

그렇게 대답했다.

"그렇다면 이 자리에서 사라져라! 구제국의 긍지와 함께!"

리즈샤르테는 그렇게 외치며 기공각검을 휘둘렀다.

그 순간 빙글빙글 주위를 부유하고 있던 투척 병기─ 합계 열여섯 기의 《레기온》이 일제히 공격을 개시했다.

†

"룩스 씨……."

리즈샤르테의 맹공이 시작된 모의전을 녹트는 관객석에서 지켜보고 있었다.

"아차─. 이 이상은 무리라고! 선생님께 말씀드려서 말려야 해─!"

평소에는 가벼워 보이는 소녀인 티르파도 눈앞의 상황에는 당황한 것 같았다.

샤리스, 티르파, 녹트, 이 세 사람은 한 학년씩 차이가 났지만 학원에서는 삼화음(트라이어드)이라고 불리는 소꿉친구 삼인조다.

아버지가 신왕국군의 부사령관인 데다가 가장 나이가 많은 3학년 샤리스가 리더를 맡아서 놀이든 공부든 즐기고 있었다.

특히 정의감이 투철한 샤리스는 학원의 자경단을 자청하며 이름이 높은 몸이었다.

신왕국이 건국된 지 약 5년.

남존여비 풍습은 서서히 사라져 가고 있었지만, 사람의 의식이란 그리 쉽게 변하는 것이 아니다.

신정부 그 자체나 여성을 향한 우대에 반발하여 폭동을 일으키는 사람들도 끊임없이 나타났다.

그런 만큼 때때로 출몰하는 남자 범죄자들의 마수에서 학생들을 보호해주는 것에 긍지를 품고 있었지만─.

"설마, 이런 싸움이 일어날 줄이야─."

이제 와서 생각하면 그 소동을 자기들 손으로 키운 것이나 마찬가지.

그 사실에 대해서 세 사람은 조금 후회하고 있었다.

덧붙여서 장갑기룡을 사용하여 여자 기숙사를 파괴한 것은 결국 『과잉 진압』 판단을 받아 세 명 모두 경위서를 써야만 했다.

"미안하다, 룩스 군."

이대로라면 룩스의 패배는 말할 것도 없고, 최악의 경우에는 그의 목숨조차 위험할 것이다.

리즈샤르테가 신장기룡 《티아마트》를 사용하게 놔뒀을 경우, 범용기룡밖에 보유하고 있지 않은 학생들은 애초에 상대가 되지 못한다.

게다가 부속 무장까지 전송하여 전력을 다하는 모습은 단 한 번밖에 본 적이 없었다.

넓은 링 위를 종횡무진으로 누비는 무수한 투척 병기 《레기온》.

충전이 완료됐을 때, 한순간이라도 움직임을 멈추면 발사되는 초화력 주포 《세븐스 헤즈》.

이 두 개의 압도적인 힘에 기껏해야 범용기룡인 《와이번》 따위로 대항할 방법은 없을 것이다.

"걱정할 필요는 없어요. 샤리스 선배."

홀연히 옆에 있던 룩스의 여동생— 아이리가 샤리스에게 말을 걸었다.

"그 사건은 오빠가 멋대로 저지른 거니까 자업자득이에요. 어중간한 정의감 따위를 품고 있으니 만날 쓸데없는 사건에 휘말리는 거라구요. 얼핏 섬세해 보이지만, 실상은 무골호인에 단순무식한 사람이니까 어쩔 수 없죠."

지극히 진지한 얼굴— 아니, 그것을 넘어 미소까지 머금고서 아이리는 담담하게 이야기를 풀었다.

"……뜻밖에 재미있는 아이였군, 그대는—."

그 방관자적인 자세에 샤리스가 쓴웃음으로 대답했을 때.

"하지만 그런 구제불능 오빠라도, 저도 인정할 정도로 정말 좋은 점이 딱 하나 있답니다?"

아이리는 그렇게 말하며 가만히 중앙의 링을 가리켰다.

마치 살짝 자랑하는 듯한 미소와 함께.

"좋은 점이라니—?"

샤리스가 되물으며 링으로 시선을 옮겼을 때, 커다란 함성과 함께 그 모습이 눈에 들어왔다.

"한 번 마음먹은 일은 반드시 해낸다는 거예요."

†

연습장 링 위에서 격렬한 열풍이 휘몰아쳤다.

발사된 뒤에 그 자신의 추진력으로 공격하는 《레기온》.

추가된 부속 무장을 포함하여 총 열여섯 기로 늘어난 그 일제 공격을, 룩스는 모조리— 종이 한 장 차이로 피하고 있었다.

"큭……?!"

왼손으로 기공각검을 휘두르며 그것들을 조종하던 리즈샤르테의 얼굴에 초조함이 드러났다.

일방적으로 공격하면서도 "어째서냐!"라는 목소리가 터져 나오려는 것을 필사적으로 억누르고 있었다.

그녀가 조종하는 《레기온》의 유닛은 단 한 기도 파괴되지 않았다.

룩스는 그저 피하고, 튕겨낼 뿐이었다.

반파된 블레이드, 브레스 건, 대거, 와이어 테일.

죄다 기룡의 기본 무장이었지만, 그것들을 교묘하게 가려 쓰며 모든 공격을 막아내고 있었다.

공격 자체가 하나도 명중하지 않은 것은 아니었다.

실제로 룩스의 장갑은 서서히 깎이고 있었으며 전개 중인 장벽의 출력도 거의 바닥을 치고 있었다.

남아 있는 무장도 《레기온》을 튕겨낼 때마다 마모되어 부서져 나가고 있었다.

그런데도— 쓰러뜨릴 수 있을 것 같다는 느낌이 전혀 들지 않았다.

이것이 『무패의 최약』이라고 불리는 이유인가!

리즈샤르테가 전력을 발휘한 뒤로 겨우 5분.

아니, 벌써 5분이다.

평범한 범용기룡으로는 신장기룡의 전력을 십여 초도 채 감당하지 못할 터.

계산을 벗어난 현실이 리즈샤르테의 전술 사고를 묶어놓고 있었다.

힐끗 학원의 대시계 쪽으로 눈길을 돌려 바늘을 확인했다.

남은 시합 시간은 앞으로 3분 정도.

그러나 이대로라면 시간이 다 지나기 전에 리즈샤르테의 체력이 먼저 고갈될 것이다.

"리즈샤르테 님?!"

텅 비어버린 머릿속에 관객석의 학생이 낸 목소리가 파고 들었다.

"큭……?!"

괜한 생각에 정신이 팔린 순간을 노리고 룩스가 던진 대 거가 날아오는 모습이 보였다.

회피는— 이미 늦었다.

"얕보지 마라!"

그러나 리즈샤르테가 기공각검을 휘둘러 눈앞을 가리키자 대거는 보이지 않는 힘에 튕겨져나간 것처럼 궤도를 바꾸더 니 지면으로 낙하했다.

"……?!"

그 불가사의한 현상에 룩스의 안색이 뒤바뀐 순간, 리즈 샤르테는 숨을 들이켰다.

"훗. 좋다, 『무패의 최약』! 네 솜씨에 경의를 표하며 특별 히 보여주도록 하마! 내 《티아마트》의 신장(神裝)을 말이 다!"

"……뭐?"

신장—.

그 말을 들은 순간 룩스는 아주 잠깐 경직됐다.

"신의 이름 아래 부복하라! 《천성(天聲)^{스프레서}》!"

드높은 목소리와 동시에 리즈샤르테가 다시 기공각검으로 룩스를 가리켰다.

그 순간 지금까지 고속으로 하늘을 휘젓던 《와이번》이 지면으로 떨어졌다.

순간적으로 버티고 선 장갑 다리가 발을 디딘 곳을 뚫고 내려앉았다.

"이건—?!"

신장이란 신장기룡에만 감춰져 있는 특수 능력을 말한다.

그 능력은 신장기룡의 종류만큼 존재한다고 일컬어지며, 개개의 정체에 대해서는 거의 알려진 것이 없었다.

아이리가 알려준 정보에도 이것은 없었다.

장갑기룡과 함께 전신에 걸린 강렬한 부하, 그리고 조금 전에 정지된 대거의 움직임으로 판단하기에, 《티아마트》의 신장은 중력 제어인 것 같았다.

하지만 그것을 알아냈을 때, 상황은 이미 벼랑 끝에 몰려 있었다.

룩스의 주위를 회오리바람처럼, 고속으로 《레기온》이 선회하며 도주로를 차단했다. 그리고—.

"—끝이다, 몰락 왕자."

《티아마트》의 부속 무장, 우측 어깨와 좌측 팔에 접속된 거포.

《세븐스 헤즈》가 룩스를 포착했다.

'……신장까지 사용하다니! 이젠, 나도 쓸 수밖에 없겠어.'

룩스가 어떤 각오를 굳힌— 그 순간.

"─뭣?"

쿠쿵!

묵직한 소리와 함께 《티아마트》를 장착 중인 리즈샤르테가 한쪽으로 기울어졌다.

거의 동시에 룩스와 《와이번》에 걸려 있던 중력도 해제되었다.

리즈샤르테는 무슨 일이 일어났는지 파악하지 못한 것처럼 자기 몸에 장착된 기룡을 살펴보고 있었다.

'위험해─!'

범용기룡과 비교했을 때 신장기룡은 조작 난이도와 사용자에게 걸리는 부담이 과격할 뿐만 아니라, 가장 근본적인 위협을 품고 있었다.

그 위협이란 바로 폭주다.

장갑기룡의 조작 방법은 크게 분류하여 두 가지가 있다.

신체에 장착된 장갑을 자신의 팔다리와 힘 조절로 움직이는 육체 조작과 기공각검을 통해서 사념으로 조종하는 정신 조작.

보통은 그 두 방법을 절묘하게 나눠서 사용하며 기룡을 조작하지만, 극한의 피로나 부담으로 인하여 사용자의 리듬이 흐트러지면 기룡이 예상 밖의 행동을 보이게 된다─ 즉, 폭주하기 시작하는 것이다.

서둘러서 결판을 내지 않으면 두 사람 모두 위험하다.

그 모습을 본 즉시 룩스는 《와이번》의 추진력을 최대로 올려 날아올랐다.

"큭……?! 이, 이런 것으로……."

리즈샤르테의 얼굴에 뚜렷한 동요와 초췌한 기색이 드러났다.

하지만 순식간에 사라졌다.

리즈샤르테는 재빨리 기공각검을 휘두르며 새로운 사념을 내보냈다.

룩스의 주위를 날아다니던 합계 열여섯 기의 《레기온》이 일제히 출력을 잃고 낙하했다.

제어의 절단.

다른 무장으로 분산돼 있던 의식과 힘을 집중하여, 한 점에 집중된 파괴력을 선택한 것이다.

주포 《세븐스 헤즈》에 모든 에너지를 집속했다.

"내가 질 것 같으냐아아아아!"

날카로운 일갈과 동시에 《티아마트》의 제어권이 돌아왔다.

상승하며 베어드는 룩스와 눈 밑으로 조준을 고정한 리즈샤르테.

두 사람의 결투가 최고조에 다다른 바로 그 순간—.

절대로 일어날 리 없는 이변이 일어났다.

기이이이이이에에에에에에에에아아아아아악!

"……?! 이 소리는—!"

구름을 수직으로 꿰뚫으며 내려온 짐승의 절규.
연습장의 높은 하늘에서, 인간이 아닌 침입자가 급습했다.

Episode 4 강습, 그리고

　기룡사가 적으로서 경계해야만 하는 대상은 같은 기룡사 뿐만이 아니다.

　아니, 이 세계에는 그보다 더욱 주의해야만 하는 인류의 천적이 존재했다.

　환신수(幻神獸).

　십여 년 전, 기룡이 발견된 유적에서 때때로 나타나기 시작한 수수께끼의 환수.

　그 종류는 셀 수 없을 정도이며, 눈에 보이는 인간이나 동물을 닥치는 대로 습격한다고 전해진다.

　짐승과 다른 점이라면 심상치 않은 강함과 이해 불가능한 생태, 그리고 특수 능력이었다.

　따라서 대부분의 대국에서는 유적 근처에 요새나 관문, 성채 도시를 다중으로 설치하고 기룡사를 배치하여 불의의 사태에 대비하고 있었다.

　이 성채 도시 또한 왕도와 유적 사이에 세워진 방어 거점을 겸하는 도시였다.

그러나—.

"꺄아아아악?!"

"어, 어째서 이런 곳에 갑자기 환신수가—!"

"저건…… 책에 실려 있는, 가고일 타입?! 어째서 경보가
울리지 않은 거야?!"

"진정해라! 하급 계층(로우 클래스) 학생들은 기공각검을 뽑지 마! 우
왕좌왕하지 말고 한곳에 모여서 학교 건물로 대피해라!"

관객석에 있던 여학생들 사이에서 비명이 연달아 터져 나
왔다.

기룡사 사관후보생이라고 해도 실전을 경험해본 학생은
거의 없었다.

환신수는 출현율은 낮지만 기본적으로 기룡사의 몇 배에
달하는 전투력을 보유하고 있다.

그리고 원래는 성채 도시에서 수십kl(키르)나 떨어져 있는 유적
에서 날아오기 때문에, 먼저 주위의 요새나 관문에서 연락
이 오는 것이 보통이었다.

게다가 관객석이라는 밀집 지대에서 기룡을 전개하려고
하면, 소환까지 시간이 걸리리라는 것은 눈에 선했다.

불시에 거리 한복판에서 맹수와 마주쳤을 때, 그 앞에서
침착하게 총을 장전할 수 있을 리가 없다.

관객석에 장벽을 치기 위해 배치돼 있던 학생 기룡사 여
덟 명조차 이 미증유의 사태에 전혀 꼼짝도 하지 못하고 있

었다.

"대체, 무슨 일이……?"

학생들을 인솔하던 여교관 라이글리는 하늘을 노려보며, 허리에 차고 있는 기공각검에 손을 가져갔다.

환신수의 습성은 육식 동물과 거의 흡사한 양상을 보였다.

자신을 공격한 것에 반격하고, 달아나려고 하는 사냥감을 추격하는 경향이 강했다.

지상에서 어설프게 손을 대면, 공중에 떠 있는 환신수가 반응하여 밑에 보이는 관객석을 공격할지도 몰랐다.

그래서 라이글리는 판단을 내리지 못하고 있었다.

하지만 바로 그때—.

기이이아아아아아이이에에에에에에아아아아아!

익인(翼人) 형태의 기계형 환신수, 가고일이 포효했다.

동시에 펼치고 있던 양 날개의 일부에서 깃털 형 광탄을 흩뿌렸다.

사출 방향은 바로 아래쪽.

다시 말해 이 연습장의— 관객석.

"윽……?!"

교관과 학생들이 숨을 삼킨, 그 찰나.

룩스가 공중에 떠 있는 가고일을 베었다.

"뭣……?!"

리즈샤르테가 머리 위에 나타난 가고일에 정신이 팔린 순간, 룩스는 다시 가속했다.

반파된 블레이드를 찔러 올리듯이 들고서 급상승.

리즈샤르테의 옆구리를 통과해 더욱 높은 곳에 떠 있는 가고일을 향해 달려들었다.

"기이이이아아아아이이에에에에에아아아아아!"

그 직후, 가고일의 양쪽 날개에서 깃털 형 광탄이 바로 아래를 향해 발사됐다.

하지만.

하울링 로어
"기룡포효(機龍咆哮)!"

룩스의 《와이번》의 전면에 소용돌이 형상의 충격파가 전개됐다.

환창기핵에서 발생된 충격파를 사용해 적의 투척 공격을 튕겨내는 기룡사의 기본 기술.

그 영향을 받아 공격 궤도가 틀어진 광탄은 연습장이 아니라 주위의 공터로 쏟아져 내렸다.

퍼퍼펑……!

굉음과 충격파가 약간 늦게 연속해서 터져 나왔다.

후폭풍 탓에 나무들이 쓰러졌고, 맹렬한 흙먼지가 자욱이 피어올랐다.

관객석에서는 여학생들이 비명을 질러댔다.

"어떻게 된 일이냐?! 어째서, 환신수가 갑자기—."

동요를 감추지 못하고 리즈샤르테와 《티아마트》가 《세븐스 헤즈》를 조준하려 하자—.

『—리즈샤르테 님.』

룩스의 목소리가 리즈샤르테의 머릿속에 직접 들려왔다.

용성(龍聲)이라고 부르는— 기룡을 이용한 통신 능력.

그렇게 목소리를 보내면서 룩스는 가고일 앞을 가로막았다.

"—샤아아앗!"

가늘고 긴 팔과 보라색으로 빛나는 손톱.

그것으로 펼쳐내는 고속 연격을 룩스는 반파된 블레이드로 받아넘겼다.

『제 《와이번》의 화력으로는 환신수를 파괴할 수 없습니다. 그러니 부탁드립니다. 지상의 링으로 내려가서 적을 조준해 주십시오.』

『나한테 명령할 셈이냐? 도대체가 너 혼자서 환신수를 제압할 수 있다는 헛소리라도—.』

『어떻게든 할 수 있습니다. 포격 타이밍은 제가 검을 높이 들어 올린 직후입니다.』

『이, 이봐! 잠깐만?! 룩스 아카디아!』

파앗, 일방적으로 용성 통신이 끊긴 리즈샤르테는 이를 악물었다.

그러나 실제로 《티아마트》는 극도로 소모되어 가동 한계에 가까운 상황이었다.

확실히 앞으로 전력을 다한 최대의 포격을 단 한 발 쏠 여력밖에 남아 있지 않았다.

룩스의 판단은 적절했다.

그러나—.

"제정신이냐?! 왕국군의 기룡사라 해도, 혼자서는 아무것도—."

지상의 링으로 내려와 하늘을 올려다 본 리즈샤르테의 눈에, 그 광경이 들어왔다.

†

가고일이 깃털 형 광탄을 흩뿌려 무수한 폭발이 일어난 직후.

관객석과 그 주변은 공황과 혼란 속에 빠져 있었다.

"저기, 발검 허가는 아직이야?! 빠, 빨리 도망가든지 싸우지 않으면—."

"지원은 아직 멀었어?! 경비대는 뭘 하고 있는 건데?!"

"어, 어째서 3학년이 연습을 나간, 지금 같은 상황에……."

"모두 잘 들어라! 검을 차고 있는 학생들은 전원 발검해라! 7할의 힘으로 머리 위에 장벽을 전개해라. 검이 없는 학생들의 벽이 되는 거다! 적은 이쪽에서 처리하마. 지금은 환신수에게 손 대지 마!"

처음으로 목격한 실전에 우왕좌왕하는 여학생들과 그런 그녀들을 질타하는 교관.

트라이어드 세 사람과 아이리는 멀찍이 모여서 그 광경을 지켜보았다.

아이리는 몸이 약한 데다가 문관 지망생인 탓에 기공각검과 장갑기룡을 소지하고 있지 않았다.

그래서 그녀를 지키기 위해 세 사람이 기룡을 장착하고 위쪽에 장벽을 전개하고 있었다.

"이런, 역시 아직 후보생답게 다들 돌발적인 소동에는 약하군요."

아이리는 주위를 둘러보며 한숨을 내쉬었다.

그 모습을 본 녹트는 보일 듯 말 듯 고개를 끄덕였다.

"Yes. —하지만 당연한 게 아닐까 싶습니다. 환신수 한 개체와 범용기룡이 교전할 경우, 최소 상급 계층^{하이 클래스} 파일럿이 세 명, 중급^{미들}이라면 일곱 명이 필요. 하급^{로우}이라면 십여 명 이상을 투입해야 철수 혹은 거점 방위 수준의 교전이 가능하다고 합니다. 하물며 불시에 습격당한 지금 같은 상황이라면—"

"맞는 말이야."

진청색 머리카락의 늠름한 소녀, 샤리스가 주위를 두루두루 돌아보며 동의했다.

"전투가 가능한 학생들에게도 대기와 방어 명령을 내린 건 정확한 판단이야. 환신수의 힘을 보고 혼비백산한 학생들은 전혀 도움이 되지 않으니까. 한 번 공포에 잠식당한 병사는 그 순간에 일어난 전투에는 참가해서는 안 되는 법. 우리 아버지께서 그렇게 말씀하셨지."

"그보다 룩스 군. 괜찮으려나아?"

티르파의 불안한 혼잣말에 샤리스도 동의했다.

"『무패의 최약』……. 확실히 방어에는 일가견이 있는 듯하지만, 환신수 상대로는 어렵겠지. 빨리 다른 교관들이 와주지 않으면—."

"적은 아무래도 한 마리뿐인 것 같네요."

긴장이 감도는 샤리스의 목소리에 아이리가 하늘을 올려다보며 중얼거렸다.

"그렇다면 지지 않아요. 오빠라면—."

†

"기이에아아아아아아아아아아!"

연습장 상공에서 빛이 나부끼고 있었다.

가고일이 두 팔을 휘둘러 고속으로 뿌려대는 손톱 공격을 룩스는 블레이드로 튕기고, 흘려넘겼다.

숨돌릴 틈도 없는 기세로 날아오는 연격은, 하나하나를 완벽하게 막아냈음에도 받아낸 장갑이 그때마다 삐걱거릴 정도의 위력을 보였다.

충격 탓에 무너진 자세 위로 인정사정없는 공격이 쏟아진다.

가고일은 거리를 벌린 룩스를 부채꼴 모양의 궤도를 그리며 맹추격했다.

환신수의 흑색과 《와이번》의 청색.

두 가지 색깔의 궤적이 하늘에서 몇 번이나 교차했고, 그때마다 격렬한 불꽃이 튀었다.

"……윽!"

하지만 장갑이 깎여나갈 정도로 압도당하는 와중에도 룩스의 정신은 흐트러지지 않았다.

회피는 최소한으로 줄일 수밖에 없다.

거리를 크게 벌리면, 가고일은 공격 대상을 바꿀지도 모른다.

동생인 아이리나— 기룡을 소지하지 않은 무력한 학생들이 있는, 바로 아래쪽에 보이는 관객석으로.

그래서 그에게 주어진 선택지는 오직 방어뿐이었다.

그러나—

'이정도면 의도는 다 읽었겠지?'

룩스의 본질이라고도 할 수 있는 능력이 불시에 균형을 깨뜨렸다.

수없이 넘나들어 온 사선.

신체 일부로 혼동할 정도로 익숙한 기룡의 장갑.

사고와 반사 신경마저 뛰어넘어 신체가 움직인다.

그 찰나— 룩스의 시나리오가 완성됐다.

찔러 들어오는 합금 손톱. 그것을 종이 한 장 차이로 피하며, 자연스러운 움직임으로 완벽한 타이밍에 가고일의 가슴에 블레이드를 찔러 넣었다.

"기익……?!"

방어 일변도의 모습을 보이던 룩스의 반격에 가고일이 처음으로 동요를 보였다.

단단한 신체에 긁힌 듯한 상처 한줄기.

그저 그뿐이었으나 가고일의 기계 표정이 험악하게 바뀌었다.

룩스의 전투 경험은 왕도 토너먼트만이 아니다.

그는 유적의 경비도 맡아봤으며, 환신수와 교전한 적도 몇 번이나 있었다.

지상의 관객석, 겁먹은 여학생들 사이에서 터져 나온 큰 함성이 룩스의 귀에도 닿았다.

"……기이이이이이이!"

가고일은 순간적으로 움직임을 멈추더니 위협하는 듯한 표효를 내질렀다.

룩스를 강적이라고 인정한 것인지, 말이 통하지 않는 상대인 탓에 판단할 수는 없었지만 룩스는 즉시 경계를 강화했다.

가고일 타입은 환신수 중에서도 높은 지능을 지닌 부류에 속한다.

기습이라는 야생의 기술뿐만이 아니라, 때로는 전술 레벨의 책략까지도 사용한다고 알려져 있었다.

『룩스 아카디아! 증원이 왔다! 지금 포위 준비를 하고 있어! 그러니 조금만 더 기다려다오!』

연습장에 있는 라이글리 교관에게서 용성 통신이 들어왔다.

"기아아아아아아아아아아아아아악!"

룩스가 아주 잠깐 통신에 의식을 빼앗긴 순간, 가고일이 하늘을 박차고 달려들었다.

"……!"

룩스는 반사적으로 블레이드를 휘둘렀다.

그러나 가고일은 룩스 옆을 빠져나가 바로 밑에 있는 연습장을 향해 급강하했다.

그리고 동시에 보라색 빛이 감도는 칠흑의 날개를 크게 펼쳤다.

처음으로 보인 포격의 전조.

목표는— 관객석!

대피하기 위해 이동하면서 교전 상황을 지켜보던 여학생들이 앗 하고 작게 숨을 삼켰다.

"——!"

룩스는 추진 출력을 최대로 쥐어짜 가고일의 뒤를 쫓아 갔다.

그 배후에 따라붙은 룩스가 블레이드를 상단으로 들어 올린 순간—.

"키에악."

포격을 중단한 가고일의 신체가 빙글 반전했다.

"……큭?!"

가고일 타입은 높은 지능을 보유한 환신수.

그 짧은 공방을 통해 룩스의 실력을 파악하고 싸움의 의도를 읽은 것이다.

룩스의 행동 목적은— 관객석의 학생들을 지키기 위한 움직임.

그것을 인식한 가고일은 학생들을 노리는 시늉을 하며 룩스가 틈을 보이기를 유도했다.

"컥……?!"

전력이 실린 룩스의 참격은 허무하게 허공을 갈랐다.

룩스는 가고일 앞에서 완벽한 빈틈을 보이고 말았다.

"샤아아아앗!"

아래쪽에서 위쪽으로, 손톱의 일섬.

장벽을 관통하고 룩스의 어깨를 보호하는 장갑을 날려버렸다.

연습장 하늘에 핏방울이 흩날린다.

"크, 아악……!"

《와이번》의 시스템이 다운되어 룩스는 자유 낙하하기 시작했다.

하지만 그 순간—.

"……과연. 이해했다."

리즈샤르테의 미소가 고개를 돌린 룩스의 눈에 들어왔다.

"방어가 튼튼한 적이 빈틈을 보이면, 전력을 다해서라도 일격에 숨통을 끊는다—. 확실히 정석이로구나, 괴물 자식아. 하지만 그건 **나도 마찬가지다.**"

"—기이?!"

가고일의 동요가 극대 사이즈의 섬광에 지워진다.

《세븐스 헤즈》.

리즈샤르테가 다루는 신장기룡 《티아마트》가 보유한 최강의 주포.

포구를 벗어난 일곱 줄기 빛의 기둥이 튼튼한 금속 신체를 꿰뚫고, 분쇄했다.

　아아아아아아아아아아아아아아아아아아악!

　가고일은 단말마의 잔향만을 남기고 폭발했다.
　후두둑 떨어지는 검은 금속 파편과 함께 룩스가 떨어져
내렸다.
　악귀의 패배와 되돌아온 평화에 한창 대피 중이던 여학생
들 사이에서 안도의 환성이 울려 퍼졌다.
　"그나저나 이런 터무니 없는 남자가 다 있다니. 너란 녀석
은 도대체가……."
　룩스를 받아 든 리즈샤르테는《티아마트》의 접속을 해제
하며 웃었다.
　지금 보여준 공방 기술과 룩스의 무시무시함을 알아차린
사람이 이 자리에 과연 몇이나 있을 것인가.
　『―포격 타이밍은 제가 검을 높이 들어 올린 직후입니다.』
　용성 통신을 통해 그가 처음에 꺼낸 그 한마디.
　다시 말해 가고일이 룩스를 따돌렸다고 생각한 계략 자체
가, 완벽하게 룩스가 의도한 시나리오였던 것이다.
　한 번 공격을 적중시켜서 『이 녀석은 위험하다.』라고, 룩스
자신에게 이목을 끌어들인 것도.
　전투 중에 보인, 바로 아래쪽에 있는 관객들을 보호하기

위한 위치 선정도.

전부 자신에게 혼신의 일격을 가하게 하여, 리즈샤르테가
그 빈틈을 찌를 수 있도록 하기 위한—.

"허나— 역시 어리석구나, 너는."

독기가 빠져나간 무구한 미소를 지으며 리즈샤르테는 하
늘을 올려다보았다.

그리고 환희와 흥분을 감추지 못하는 학생들을 보며 리
즈샤르테는 숨을 크게 들이쉬었다.

"들어라! 이 자리에 있는 모든 이여! 신왕국의 왕녀인 내
가 중대한 발표를 할 것이다!"

이미 룩스의 피로와 체력은 한계를 넘어선 상태였다.

"……."

가슴에 난 상처는 그럭저럭 견딜 만했다.

아이리나 다른 학생들, 그리고 리즈샤르테도 무사하다.

'그럭저럭, 잘 넘겼나……?'

그 모습까지 확인한 뒤, 룩스는 의식의 끈을 놓았다.

†

모의전을 치른 뒤에 목욕하는 것은 리즈샤르테의 일과다.

전투를 마친 뒤에는 정신이 고양된다.

물론 저녁때까지 대욕탕 전체 분량의 목욕물을 데울 수

는 없는 노릇이니, 자기 한 사람 분량의 목욕물을 통에 받아 세면장에서 가볍게 땀을 씻어내는 정도였다.

군더더기 없는, 그러나 한창때의 소녀답게 굴곡진 살결 위를 뜨거운 물방울이 타고 내려간다.

"후우……"

더운물을 가볍게 전신에 뿌리고, 리즈샤르테는 뺨을 붉히며 관능적인 한숨을 토해냈다.

전투 직후의 고양감, 승리로 인한 만족감.

그러한 것을 소녀는 지금까지 몇 번이나 느껴왔다.

'하지만— 뭐지? 이 기분은……'

그러나 오늘의 감각은 그 어느 것과도 달랐다.

"나와 그 정도까지 겨룰 수 있는 남자가 설마 동년배 중에 있을 줄이야……. 심지어—"

처음이라고 생각했다.

'나를 구해주려고, 지켜주려고 하는 남자라니……'

환신수가 강습해 온 순간 적에게 등을 돌리고, 여력이 없었던 자신을 감싸며 룩스는 망설임 없이 싸우러 간 것이다.

'처음이로군. 내가 『졌다』고 생각한 것은……'

신왕국이 건국되며 그 왕녀가 된 리즈샤르테에게 구제국의 상징인 『남자』 따위는 자신의 적, 또는 발판에 지나지 않는 존재라고 생각해왔다.

구제국에 대한 쿠데타를 계획한 자신의 아버지에게조차

애정을 느끼지 못했다.

연애 감정이라고 부르는 것 또한 단 한 번도 품어본 적이
없었다.

그래도—.

'이것을 보고 만 사람이 그 녀석이라는 게 차라리 다행일
지도 모르겠어.'

자신의 하복부, 배꼽 바로 밑을 손끝으로 쓰다듬으며 리
즈샤르테는 애달픈 기분을 느꼈다.

알려져서는 안 되는 비밀이었을 텐데, 지금은 기쁘다는
생각마저 드는 것이 이상했다.

목욕물을 머금은 수건으로 소녀는 자신의 몸을 닦았다.

"응, 후아……."

자연스럽게 그 손이 자신의 가슴에 닿았을 때, 두근—
하는 달콤한 고동을 느꼈다.

"룩스 아카디아……."

혼잣말을 따라 소녀의 예쁜 입술이 자연스럽게 벌어졌다.

"남자 중에도 의지할 만한 녀석이 있었군……."

그 한마디에 리즈샤르테는 자신의 감정을 이해했다.

난생처음 『사람』으로서, 가지고 싶은 것을 찾아냈다는
것을.

†

꿈을 꾸었다.

6년 전. 쿠데타가 일어나기 1년 전에, 룩스가 궁정으로 향했을 때의 광경을.

세계 최대의 대국, 아카디아 제국.

제도(帝都)에 있는 왕궁에서 떨어진 곳에 자리 잡은 저택.

녹음이 가득한 안뜰에서 룩스는 하늘을 우러러보고 있었다.

"오랜만에 제도에 오는데, 그다지 기분이 좋지 않은 것 같구나. 아우야."

대리석 기둥에 등을 기대고 서 있던 은발 청년— 제1황자 후길이 쓴웃음을 지었다.

룩스의 배다른 맏형이었지만 사고로 인한 상처와 병마 탓에 이미 일선에서 물러나 있었다.

그래서 모종의 사정 탓에 마찬가지로 궁정에서 쫓겨난 룩스와는 사이가 좋았다.

"제가 잘못한 걸까요?"

시선을 연못의 수면에 고정한 채 룩스는 조용히 입을 열었다.

왕족의 망토를 몸에 두른 소년의 표정은 차갑게 얼어 있었다.

"아니, 너는 잘했어."

후길은 온화한 말투로 대답했다.

"제국 사상 최연소 기룡사 면허를 취득한 영예. 그 표창을 받기 위해 궁정에 초청받은 기회를 이용해서 네가 아버지께— 황제 폐하께 주상한 수완은 아주 훌륭했다. 도저히 이제 열두 살밖에 되지 않았다고는 생각할 수 없을 정도였어."

남존여비제도 강화 법안. 군사 확대로 인한 무거운 세금. 빈곤층을 이용한 극악의 인체 실험.

룩스는 그 모든 것을 그만둘 수 없겠냐고 간청하고 온 것이다.

"하지만 황제 폐하께서는 이야기조차 들어주지 않으셨지. 네가 그런 의문을 품는 것도 당연해. 이 제국은 완전히 잘못된 방향으로 가속도를 더해가고 있으니까."

"……."

맏형인 후길의 동의에도 룩스의 안색은 변하지 않았다.

최대의 기회를 빼앗긴 탓에 더욱 슬픔도 낙담도 보이지 않는 동생을 향해 후길은 이야기를 계속했다.

"네 누이동생도 2개월 뒤에 변경백이 있는 곳으로 가게 될 거라고 했었나? 가엾게도, 그 사건으로 어머니를 잃은 뒤에 그 아이도 병석에 드러누운 상태건만……."

"……."

"목적은 변경 경비군의 사기 향상 및 외교 목적 정도인가? 폐하의 방식은 아주 노골적이군. 거역하면 설령 혈육이라 해도 용서하지 않겠지."

"형님은 어떻게 생각하시죠? 이 제국의 상황을."

룩스는 후길 쪽으로 고개를 돌리며 질문했다.

거기에는 앳된 티가 남아 있는 사랑스러운 소년의 표정이 아니라 다른 표정이 떠올라 있었다.

그것은 사람이 아닌 지배자의 미소.

윤리와 감정을 배제한 초월자의 웃음이었다.

"지금 이 제국은 부패가 만연해 있어요. 직권 남용, 격차, 폭정, 중세, 탄압. 한번 고장 나버린 톱니바퀴는 멈출 줄 모르고 점점 빨라지고만 있습니다. 황제 폐하와 대신(大臣)들은 제 간청에 귀를 기울이려고도 하지 않았어요."

담담하게.

룩스는 조용한 말투로 말을 이었다.

"—그런데도, 누구도 멈추려고 하지 않아요. 그 누구도 바로잡으려 하지 않는다고요. 권능을 지닌 혈족의 인간은 물론이고 다른 중신이나 영주들조차도."

"……그렇지."

담담하게 털어놓은 그 사실에 후길은 맞장구 쳤다.

"백성의 생활을 돌아보지 않고, 부정을 바로잡으려 하지 않으며, 자신에게 주어진 책무마저도 방기하고 있지. 빼앗고, 찍어 누르고, 욕심밖에 부릴 줄 모르는 귀족들. 확실히 그들은 『사람 위에 선다.』라는 긍지를 잃고 말았어. 그 부하와 식솔들까지도 그렇지. 지금 귀족들의 부패는 그들 자신도 알고 있을 거다. 그러나 일단 자신이 착취하는 측에— 은혜를 입는 측으로 돌아서게 되면, 그 이익이나 지위를 내버리면서까지 타인을 구해야겠다는 생각은 하지 않는 법이지. 『타인의 불합리한 불행』 따위는, 얼마든지 허용해버리고 마는 거야."

"……."

후길의 말에 룩스는 미미하게 고개를 끄덕인 뒤.

"네……. 그러니 이제 이 제국은— 세계는 이 이상 변하지 않을 겁니다. 변화시킬 수도 없을 거예요. 제국군이 장갑기룡을 독점하고 있는 이상, 반란 따위는 비극의 반복에 지나지 않을 겁니다. 저항이라고 부를 수조차 없는 학살 이야기를, 저는 수없이 들어왔어요."

"그래. 하지만 지금 우리 힘으로는 어떻게 할 방법이—."

"—아뇨, 그건 아니라고 생각해요."

체념하는 후길의 말을 가로막으며 룩스는 단호하게 대답했다.

"그래서 할 이야기가 있습니다. 들어주시겠어요? 저는 오늘 그것을 위해 이 제도에 온 거예요."

그늘진 룩스의 미소와 곤혹스러운 표정의 후길.

그 광경이 흐릿해지며, 이윽고 사라진다.

그리고 룩스는 의식을 되찾았다.

✝

"응……."

타오르는 듯한 붉은 석양이 창문을 통해 쏟아져 들어오고 있었다.

약 냄새와 꽃향기가 감도는 좁은 목조 개인실.

그곳의 침대 위에서 룩스는 눈을 떴다.

베인 가슴에는 붕대가 감겨 있었다. 상처는 얕았던 모양이다.

"여기는—?"

"아……. 이, 일어났나?!"

"우왁……?!"

근처에서 들린 목소리에 놀란 룩스는 벌떡 일어났다.

금발 소녀, 붉은 전희 리즈샤르테가 바로 옆에 있는 의자에 앉아서 자신을 바라보고 있었다.

아무래도 이곳은 학원의 의무실인 듯했다.

"사, 상처는 괜찮은가? 그, 그게, 여기 의사의 솜씨는 상당히 뛰어날 텐데—"

리즈샤르테는 어쩐지 산만한 태도로 룩스의 얼굴을 들여다보았다.

몹시도 걱정하고 있는 것 같았다.

"……."

룩스는 상황 파악을 마친 뒤, 약간 고개를 숙이며—.

"그— 감사합니다."

미소와 함께 그렇게 말했다.

"어……?"

리즈샤르테는 고개를 갸웃하며 룩스를 바라보았다.

"저같은 녀석을 치료해주셔서—."

"……."

리즈샤르테는 잠시 의표를 찔렸다는 것처럼 눈을 깜빡이더니—.

"룩스. 너는 겸허한 것인지 오만한 것인지 전혀 알 수 없는 녀석이로구나. 제국의 황족은 다들 그런 느낌이었나?"

"글쎄요? 저는 어릴 때 금방 궁정에서 쫓겨났거든요."

룩스가 쓴웃음을 보이자 리즈샤르테는 "그러냐." 하고 작게 중얼거리고는—.

"네, 네가 그 환신수를 향해 망설이지 않고 달려든 것도, 그것과 관계가 있는 거냐?"

왠지 모르게 어색한 말투로 다시 질문을 던졌다.

"네?"

"범인(凡人)이라면 할 수 없고, 하지도 않을 행동이다. 범용기룡 한 기로 환신수에게 덤벼들다니…… 어째서 구해준 거냐? 나를—."

리즈샤르테는 어쩐지 쑥스러워하는 태도로 물어보았다.

"……그러니까, 기억이 잘 안 나요."

룩스는 쓴웃음을 지으며 솔직하게 대답했다.

"다만 순간적으로 제가 할 수밖에 없겠다고 생각했거든요. 동생한테도 자주 혼났습니다. 『오빠는 앞뒤 안 가리고 생각한 일을 실행으로 옮긴다.』라고요."

곤란하다는 듯이 말하자 리즈샤르테는 팔짱을 끼며 근심스러운 얼굴로 말했다.

"그런가. 뭐, 알겠다. 나는 귀찮은 일은 생각하지 말자는 주의라서 말이지. 너는 나를— 우리를 지켜주었다. 그것만 생각하도록 하마."

"공주님은 상당히 시원시원한 분이시군요."

룩스가 어색한 미소를 지으며 말하자—.

"아아, 그 말대로다. 나는 정말로, 실력이 있는 자에게는 관대하고 너그러운 공주님이지."

리즈샤르테는 그 말이 기뻤는지 사랑스러운 웃음으로 답해주었다.

지금까지 룩스에게 품고 있던 경계심과 적의는 씻은 듯이 사라진 것 같았다.

어리다기보다는 순진무구하고 정직한 것에 가까운 태도가 상쾌했다.

"음음. 제법 쓸 만한 녀석이로구나, 몰락 왕자."

왠지 모르게 뺨을 붉힌 채 혼자 고개를 끄덕이는 공주를 보며, 룩스가 안도의 한숨을 내쉬는 순간―.

"좋다, 룩스. 나는 너를 전면적으로 믿겠다. 그러니 약속을 지키도록 하마."

리즈샤르테가 갑자기 일어나며 그런 말을 꺼냈다.

"약속이요?"

"마, 말했잖나? 내가 너에게 결투를 신청한 이유다. 그것을 보여줘 버린 이상, 그대로 놔줄 수는 없었단 말이다. 그, 그러니까―."

"아, 저, 그러니까― 죄송합니다, 전부 보고 말아서. ……하지만 정말 예뻤어요."

"새, 생각나게 하지 마라, 이 바보 왕자! 내가 하고 싶은 말은―."

새빨갛게 달아오른 리즈샤르테가 수건을 던지는 바람에 룩스의 시야가 차단당했다.

실례되는 소리라도 해버린 걸까?

여전히 여자아이와 어떻게 대화를 나눠야 할지 잘 모르겠다.

그렇게 생각하며 룩스가 눈앞의 수건을 걷어내자―.

"그, 그러니까— 이거다."

믿을 수 없는 광경이 눈앞에 펼쳐져 있었다.

창문을 통해 내리쬐는 석양 속에서 리즈샤르테의 맨살이 드러나 있었다.

교복 블라우스를 위로 걷어 올리고, 치마를 벗은 다음 아주 약간 팬티를 내리고 있었다.

마치 봐줬으면 좋겠다는 것처럼.

시선을 피한 리즈샤르테의 뺨은 석양뿐만 아니라 수치심으로 빨갛게 물들어 있었다.

"……이젠 알겠지. 이것이 너한테 결투를 신청한 진짜 이유다. 그때 목욕탕에서, 이것을 보이고 말았기 때문에—."

"……."

앳된 모습이 남아 있는 몸매에, 뚜렷한 성장의 조짐을 드러내는 소녀의 생생한 곡선.

그 미성숙한 아름다움에 룩스는 완전히 눈길을 빼앗기고 말았다.

"어, 어째서 꿀 먹은 벙어리가 된 거냐?! 뭐라도 좀 말해 보는 게 어때?!"

"윽……! 저, 저기, 그러니까—."

완전히 정신이 나가버린 룩스는 생각에 잠겼다.

그래. 그때 일을 도와주었던 술집에서 배운 화술[테크닉]을 사용해보자.

여자아이를 칭찬할 때는, 우선 본인과 옷의 궁합을—.

"그, 정말 잘 어울려요. 그 새하얀 팬티—."

"우와아아아아앗?! 멍청이냐 네놈은?! 이 색마! 죽어랏!"

또 실패했잖아! 이제 거기서 일하면서 얻은 지식은 잊어버리자…….

룩스가 후회하고 있는 사이에, 얼굴에서 불을 뿜어대던 리즈샤르테는 황급히 스커트를 다시 입었다.

하지만 룩스는 그 외의 것도 확실하게 확인했다.

"그 문장은…… 혹시— 구제국의?"

"……이, 이제야 눈치챈 거냐? —그렇다는 것은, 아직 아무에게도 이 사실을 알리지 않았다는 말이렷다?"

룩스가 고개를 끄덕이자, 옷매무새를 정돈한 리즈샤르테는 의자에 앉았다.

검은 용을 본뜬 구제국의 문장.

그 낙인이 리즈샤르테의 배꼽 아래, 하복부에 찍혀 있었다.

"대체, 어째서—."

"그건 아직 가르쳐줄 수 없다. 허나, 이 문장에 대해서는 아무에게도 알리지 말아다오. 부탁한다. 약속해줄 수 있겠나?"

"……."

신왕국 공주의 몸에 구제국의 인장이 찍혀 있다.

배신의 증거인가, 아니면 혈통을 속이는 것인가.

확실히 대외적으로 알려진다면 온갖 의심을 불러올 수밖에 없는 사실이었으나, 룩스는 의문에 앞서서 리즈샤르테가 마음에 걸렸다.

입을 다물고 고개를 숙인 리즈샤르테에게서는 필사적인 감정이 느껴졌다.

눈감아 주기를 바란다…… 가 아닌, 믿어주길 바란다.

그렇게, 마음으로 말하고 있는 듯한 기분이 들었다.

분명— 떳떳하지 못한 단순한 비밀은 아닐 것이다.

룩스 자신에게도 그러한 과거가 존재했다.

그래서 이해할 수 있었다.

이 아이에게는 분명히, 아무런 잘못도 없을 것이다.

"걱정하지 마세요. 아무한테도 말 안 할 거예요."

"진짜냐? 맹세할 수 있겠나?"

"예. 제 기공각검에 걸고 맹세하겠습니다."

룩스는 자세를 가다듬고 살짝 머리를 숙였다.

그 모습을 본 리즈샤르테는 안도의 한숨을 내쉬며 웃어 보였다.

"다행이구나. 처음에는 그 결투에서 이겨서 일단 지하 감옥에 가둔 다음에, 너한테 이것저것 심문할 생각이었다만—."

"엑…… 네에에에에엑?!"

나를 묵사발로 만들어서 의무실로 보낸 다음에, 감금해서 추궁할 생각이었나!

역시 공주님의 발상이 아니야.

꽤 대범하구나, 이 아이…….

"좋아. 그러면 이번 일은 해결된 것으로 치마. 그러니, 너는 내일부터 정식으로 이 학원에 나오도록 해라."

"아, 그런 이야기였죠. 원래는—."

학원장인 렐리가 의뢰한 기룡 정비사 견습 임무.

온갖 고초를 겪기는 했지만, 이제는 본래의 날품팔이 생활로 돌아갈 수 있겠지.

룩스가 그렇게 가슴을 쓸어내렸을 때.

"아. 참고로 정비사 견습 의뢰는 취소했으니, 내일부터는 우리 학원의 사관후보생으로 다녀줘야겠다."

"아, 네. 알겠습니다."

건성으로 대답하고 나서 몇 초 뒤, 룩스는 그 의미를 되새겨 본 뒤에—.

"—네, 네에에에에에에에에엣?!"

자기도 모르게 비명을 지르고 말았다.

"노, 농담이죠……? 그게, 저는 애초에 남자—."

"그, 그리고 나는 급우답게 『리샤』라고 불러다오. 이것도 약속해라."

　아무래도 완전히 진심인 것 같았다.

　리샤의 수줍은 미소를 보았더니, 가슴의 상처가 심하게
덧난 듯한 기분이 들었다.

Episode 5   소꿉친구와의 재회

"─그렇게 돼서 그가 오늘부터 이 학원에 다니게 된 룩스 아카디아다. 다들 여러모로 어색할 테지만, 잘 지내도록."

다음 날─.

학원 교사(校舍) 2층, 2학년 교실의 아침.

담당 클래스의 여교관 라이글리 발하트의 소개를 받으며 룩스는 뭐라 말할 수 없는 표정을 지어 보였다.

라이글리는 구제국 시절 여성이라는 한계를 딛고 유일한 기룡사로 활약했으며, 쿠데타가 일어난 뒤에는 여성의 우군으로서 신왕국 측에 섰다.

게다가 그 미모와 늠름한 성격까지 포함하여 여학생들 사이에서는 둘도 없는 인기를 자랑하고 있다는 듯했다.

그런 교관이 담당하는 클래스에 들어간 것은 어떻게 보면 행운일지도 모른다.

어디까지나 룩스가 사관후보 **여학생**이었을 경우의 이야기이지만─.

"……."

어젯밤, 여자 기숙사에는 빈방이 없어서 룩스는 결국 방문객용 응접실에 묵게 됐고, 좀처럼 잠들지 못하는 밤을 보냈다.

하지만 룩스의 위가 아픈 것은 그 탓이 아니었다.

쿠데타에 의해 신왕국이 건국된 후, 날품팔이 왕자로서 일을 해오던 룩스는 바쁘거나 힘든 일에는 이골이 났다.

가장 힘든 것은 『어울리지 않는 장소』에 있어야만 하는 상황임을, 룩스는 이 교실을 보며 뼈저리게 느꼈다.

이건 말도 안 된다.

리샤의 억지는 물론이거니와 『추후 남녀 공학화를 검토하기 위한 시범 입학』으로써 임시 입학이긴 하나 허가를 내준 학원장 렐리도 솔직히 말해서 어떨까 싶었다.

'왜 여학원인데 그렇게 간단히 허가를 내주는 거냐고……'

렐리는 예전부터 그런 성격이었다는 것을 알고 있었지만, 아무리 그래도 너무 자유분방했다.

덧붙여서 룩스가 할 예정이었던 다른 잡일은, 왕국에서 대신할 인재를 찾기로 한 것 같아서 일단 마음을 놓았다.

"어, 룩스 아카디아입니다. 잘 부탁드립니다……."

하여간 어색한 태도로 인사했다.

참고로 같은 클래스인 리샤는 어제의 피로 탓인지, 룩스를 도와주기는커녕 잠에 취해 꾸벅꾸벅 졸고 있었다.

작은 술렁임과 속닥거리는 소리가 교실 안을 채웠다.

그야 그럴 만도 하다.

오랫동안 남존여비 사상이 만연하던 구제국의 왕자이니, 5년 전에 체제가 바뀌었다고 해도 그녀들에게는 아직 경계의 대상일 것이다.

하물며 그런 자신이, 아가씨 학원에 홀로 편입하게 되다니—.

'아아…… 돌아가고 싶어.'

다들 싫어하는 것 같은 데다가, 나도 솔직히 무슨 얘기를 해야 할지—.

"……아, 루우다."

룩스가 속으로 눈물을 흘리고 있으려니, 갑자기 그런 목소리가 들렸다.

"—어?"

교실 창가 쪽 자리에 앉아 있는 연분홍색 머리카락의 소녀.

리본 두 개로 묶은 볼륨 있는 머리카락이 소녀의 멍한 분위기와 잘 어울렸다.

그리고 교복을 크게 밀어 올리는 풍만한 가슴이, 얼굴 어딘가 어린 모습이 남아 있는 소녀에게 신기한 매력을 부여해주었다.

"오랜만, 이네."

소녀는 부드러운 목소리로 인사하며 룩스에게 미소를 보내주었다.

룩스는 그 느릿한 말투와 독특한 분위기를 기억하고 있었다.

"어, 설마, 피르히……?"

"응, 맞아."

룩스의 질문에 소녀가 고개를 끄덕이며 긍정했다.

피르히 아인그람.

대상가 아인그람 재벌의 차녀이며 룩스의 소꿉친구인 소녀.

그리고 학원장— 렐리 아인그람의 친여동생이다.

이렇게 만나는 것은 7년 만인가.

당시 구제국과 교류하던 아인그람가의 사람이고 나이가 같다는 이유도 있어서 어릴 적에는 곧잘 함께 놀았던 것을 기억하고 있었다.

"이 학원에 다니는 거야? 기쁜걸. 잘 부탁해, 루우."

그다지 기뻐 보이지 않는 억양 없는 목소리로 피르히가 말했다.

뭐, 애초에 피르히는 감정 표현이 서툰 소녀임을 룩스는 알고 있었다.

그리고 말수가 그렇게 많지 않은 만큼 솔직한 성격이라는 사실도.

그러니 이래 봬도 정말로 기뻐하고 있을 것이다.

"아, 응. 나야말로 잘 부탁해."

룩스가 그렇게 인사를 나누자 교관 라이글리가 "좋아, 룩스. 네 자리는 그 아이 옆이다." 하고 가리켰다.

잔뜩 긴장하고 있던 룩스는 소꿉친구 옆에 앉고 난 뒤에야 처음으로 안도의 한숨을 내쉬었다.

다행이다.

조금이라도 이야기 상대가 되어줄 만한 친구가 있었다.

어제부터 여러 가지로 지쳐 있던 룩스는 안도와 함께 굳어 있던 뺨에서 힘을 빼며, 옆에 앉아 있는 소꿉친구 소녀를 봤다.

'하지만 우리도 7년 전과는 나이도 처지도 다르고, 교실 안이기도 하니까 조금은 신경을 써야겠지?'

"그러면 피르히 양, 이라고 부르는 편이 좋으려나?"

"……."

룩스가 그 말을 꺼낸 순간, 피르히는 정색하며 휙 소리나게 고개를 돌려 룩스를 외면하고 말았다.

"어……?"

그녀의 반응에 룩스는 당황했다.

뭔가 말실수라도 한 걸까?

'하지만 피르히가 화낸 적은 거의 없었던 기억이―.'

"피이, 라고 불러야지?"

생각에 잠겨 있으니 피르히가 고개를 돌린 채 불쑥 말했다.

"……어? 여기서 그런 식으로 부르라고?!"

"……."

끄덕, 피르히가 고개를 끄덕여 긍정 의사를 보였다.

'그, 그랬구나……!'

룩스는 식은땀을 흘리며 생각해냈다.

피르히는 예전부터 마음에 든 상대에게 서로를 애칭으로 부르는 사이를 요구해왔다.

룩스도 어릴 적에는 몹시 사이가 좋았기 때문에 그렇게 지냈지만―.

"마, 마음은 기쁘지만, 아무리 그래도 여기서 애칭은 좀……. 일단 그게, 우리도 이제 많이 컸고, 사관후보생인 데다가 학원인데……."

사실 그것보다는 잘 알지도 못하는 동급생들 앞에서 그래야 한다는 것이 가장 부끄러웠다.

그런 사정을 이해해주지 않으려나, 하고 룩스는 기대했지만―.

"……."

휘익.

그러나 변명하는 룩스를 보고, 피르히는 다시 외면하고 말았다.

술렁술렁. 클래스메이트들이 떠들어대는 소리가 들렸다.

"다들 떠들지 마라. 수업을 시작하마."

라이글리의 목소리에 교실은 일단 침착함을 되찾았다.

하지만 갑작스럽게 편입한 탓에 룩스에게는 아직 교과서
가 없었다.

"피르히 양. 교과서 좀 보여주지 않을래?"

"⋯⋯."

무시당했다.

"피, 피르히. 이 정도면 충분하지? 응? 지, 지금은 수업
중이니까⋯⋯."

"⋯⋯."

반응이 없다.

울고 싶어졌다.

"⋯⋯저기, 피이?"

"왜⋯⋯? 루우."

룩스가 간신히 목소리를 쥐어짜자 피르히는 룩스 쪽으로
얼굴을 돌리며 그렇게 대답했다.

"교, 교과서 좀 같이 봐도 될까⋯⋯?"

"응, 괜찮아."

그 순간 킥킥하고 학생들 사이에서 웃음소리가 흘러나
왔다.

"귀엽다~." "피이래, 피이." "저 두 사람, 그런 사이였구
나?"

그런 목소리가 몇이나 들리는 통에 룩스의 얼굴은 새빨갛게 달아올랐다.

차, 창피해 죽겠네……!

뭐야 이게?!

무슨 상황이냐고!

"크, 크크크……!"

심지어 고지식해 보이는 라이글리 교관마저도 숨죽여 웃고 있었다.

룩스는 당장 뛰쳐나가고 싶은 충동을 참으며 가까스로 수업을 받았다.

"……크음."

눈을 뜨고 그 광경을 심기 불편하게 보고 있던 리샤.

그리고 또 다른 여학생의 시선을 룩스가 눈치채는 일은 없었다.

†

하지만 뜻밖에도 피르히와의 낯부끄러운 대화가 효과를 발휘했는지, 클래스메이트들이 일제히 룩스에 대한 경계심을 거둔 것 같았다.

"얘, 있잖아, 피르히랑 룩스 군은 혹시 약혼자 비슷한 사이야?"

"『날품팔이 왕자』는 보통 어떤 일을 하고 계시나요?"

"그러고 보니 무슨 수로 환신수를 혼자서 상대할 수 있는 거야? 굉장한 거 아냐?!"

"남자는 장갑기룡을 잘 다루는 편이야? 적성률은 원래 여자 쪽이 더 높다고 들었는데—."

그 뒤로는 수업 사이사이 쉬는 시간마다 질문 공세가 이어졌고, 책상 앞에 모여드는 여학생들의 수가 마치 축제라도 하는 것처럼 늘어만 갔다.

왕녀 리샤와의 결투, 그리고 환신수 격퇴.

다행인지 불행인지 목욕탕에 난입하면서 생긴 나쁜 인상은 깨끗하게 떨어져 나갔고, 학생들 사이에는 룩스에 대한 흥미와 호감만이 남아 있는 것 같았다.

점심시간이 가까워지자 다른 반에서까지 구경꾼들이 우르르 몰려들었다.

'어쩐지 상상했던 것과는 달라……!'

귀족 아가씨들이 다니는 사관후보생 학원.

그런 것치고는 너무나도 스스럼없는 분위기에 룩스가 따라가지 못하고 있자—.

"룩스 군. 그러고 보니 잡일도 계속하는 거지?"

"아, 네. 뭐…… 제 의무이니까요."

룩스의 자리를 둘러싼 여학생 중 한 명의 질문에 그렇게 대답했더니—.

"그럼 부탁하면 룩스 군이 여기서 『일』해주는 거지? 좋~
아, 그럼 당장 부탁해볼까~."

"앗, 치사해. 나도 부탁하고 싶었는데!"

"룩스 씨, 그런 것보다 저랑 차라도 한잔 어떠세요?"

"애들아~ 의뢰할 게 있으면 내가 다 정리해줄게~. 한꺼번
에 중구난방으로 말하면 루크찌도 힘들지 않겠어?"

그렇게 클래스메이트인 티르파가 나서서 정리하기 시작
했다.

'멋대로 이상한 별명이나 붙이고……'

학원 내의 유명한 삼인조— 트라이어드의 일원인 티르파는
아무래도 반에서도 분위기 메이커적인 존재인 것 같았다.

"후우……."

그래도, 솔직히 말해서 한시름 놓았다.

티르파가 모두를 잘 수습해준다면—.

"예이예~이. 루크찌에게 의뢰할 일이 있으면 종이에 적어
서 이 상자에 넣어줘—. 응, 그렇지. 원하는 날짜도 꼭 적
고. 나중에 순서대로 부탁하자구."

"에에에에엑?!"

'어째 나쁜 방향으로 정리됐잖아!'

"걱정하지 마. 다들 부자니까. 이러면 루크찌의 빚도 금방
갚을 수 있을 거야!"

"……."

티르파가 준비한 나무 상자 밖으로 넘칠 정도의 의뢰서가 들어 있는 모습을 보니, 그 전에 쓰러질 것만 같은 기분이 들었다.

그리고— 점심시간이 되어 정신적으로 지친 룩스가 한동안 책상에 푹 엎드려 있으니—.

"이, 이봐. 괜찮다면 같이 밥이라도 먹으러 가지 않겠나? 룩스."

"우왁?!"

갑자기 머리 위에서 들려온 목소리에 룩스는 벌떡 일어났다.

눈앞에 있는 사람은 리샤였다.

수업 시간 내내 꾸벅꾸벅 졸다시피 하던 그녀는 어느새 잠에서 깨어난 모양이다.

"어, 저랑 둘이서— 말인가요?"

"그, 그렇다만…… 내가 같이 가는 게, 싫은가?"

리샤는 살짝 뺨을 붉히며 시선을 피했다.

술렁—.

그 순간 작은 소란이 교실을 가득 채웠다.

"그, 그리고 가능하다면— 이제부터, 내 전속 시종이 되어줬으면 좋겠는데. 그렇지 않아도 마침 종자가 한 명 필요했거든."

리샤가 가슴 앞에서 손가락을 꼼지락거리며 그렇게 말하

자—.

"네엑?!"

룩스의 외마디 비명과 함께 반 전체가 또다시 떠들썩해졌다.

"응? 이게 무슨 조화래?""리즈샤르테 님은 남들과 얽히기를 싫어해서 시녀조차 안 쓰셨잖아?""그런데,『남자』인 그를 종자로 삼겠다니—.""설마……."

멀찍이서 에워싸고 있는 같은 반 여학생들 사이에서 그런 소리가 들려왔다.

"그, 그런 건—."

큰 소리로 싫다는 말을 할 수 있는 상황도 아니라서 곤란했다.

"그, 그 정도는 괜찮지 않은가. 그때 내 알몸까지, 강제로 봐놓고서—."

리샤의 발언에 "꺄아아아악~!" 하고 요란한 비명이 교실에서 터져 나왔다.

역시 목욕탕에서 일어난 일은 소문으로 퍼진 것이 확실했지만, 자세한 내막까지는 모르는 학생들도 있는 듯했다.

"그, 그건— 그러니까."

룩스가 완전히 당황하여 허둥대자—.

"……."

한 소녀가 조용히 룩스 곁으로 다가갔다.

"……피이?"

피르히였다.

점심시간이라 그런지, 그녀는 이미 점심밥인 구운 도넛 같은 것을 우물우물 먹으며, 마주 보고 있는 룩스와 리샤 바로 옆에 섰다.

여전히 표정에는 아무런 변화가 없었지만, 강렬한 존재감을 보이고 있었다.

"꿀꺽. 루우가 곤란해 하고 있어요. 리즈샤르테 님."

입속의 도넛을 삼키고 피르히는 입을 열었다.

"뭐야. 누군가 했더니, 아인그람 재벌가의 마이페이스 따님이었나. 귀찮군―. 좋다, 내 간식을 줄 테니 얌전히 물러나 있어라."

리샤는 순간적으로 인상을 쓰고는, 주머니에서 종이로 포장된 물건을 꺼내며 피르히에게 명령했다.

은은하게 풍기는 달콤한 향기와 포장지 밖으로 보이는 황금색 광택.

내용물은 아무래도 벌꿀을 바른 빵인 것 같았다.

"……."

학원 내에서는 귀족 간의 상하 관계를 무시하며, 모두 평등한 사관후보생으로 취급한다고 학원 교칙에 명기돼 있다.

그러나 그것은 어디까지나 허울일 뿐, 실제로는 그렇지 않았다.

왕녀는 결국 왕녀인 것이다.

"딱히 룩스 본인이 도움을 요청한 것도 아니잖나? 소꿉친구인지 뭔지는 모르겠다만, 괜한 참견은 하지 않는 것이 좋다고 충고하지."

리샤가 설득조로 말했다.

피르히는 받아 든 빵을 작은 동물처럼 오물오물 먹었다.

"아, 그건 먹는구나……."

피르히는 단 음식이라면 사족을 못 쓴다. 그리고 마이페이스이다.

그런 부분도 과거와 다르지 않은 것 같았다.

"루우가 곤란해 한다는 것 정도는 보면 알 수 있어요. 그러니까 그만하세요. 공주님."

완만하고 온화한 말투.

하지만 똑똑하게, 피르히는 자기 뜻을 피력했다.

피르히는 평소에는 멍하니 있는 탓에 무슨 생각을 하는지 알 수 없지만, 뜻밖에 자기주장은 딱 부러지게 하는 고집 센 타입인 것이다.

조용히 열기를 더해가는 두 사람의 대화.

교실에 있던 학생들은 그 광경에 눈을 빛내며 후끈 달아오르기 시작했다.

"대체 누가 이길까?"

"신왕국의 공주님과 아인그람 재벌의 소꿉친구라니……."

"자, 잠깐 두 사람 다 진정하고—."

더는 견딜 수 없었던 룩스가 서둘러서 말을 꺼낸 순간.

"—바빠 보이는데 미안하지만, 잠깐 괜찮을까?"

당당한 울림.

투명하게 느껴지는 목소리가 교실 안에서 들렸다.

요정처럼 아름다운 용모의 소녀를, 룩스는 만난 기억이 있다.

크루루시퍼 에인폴크.

북쪽의 대국, 유미르 교국에서 온 유학생이며, 같은 반 사관후보생이라고 했다.

그저께 있었던 사건에서는 도망치던 룩스를 메치기로 기절시킨 그 소녀.

"크루루시퍼냐. 용건이 있다면 나중으로 미뤄라. 나는 지금 중요한 이야기를—."

리샤는 볼을 부풀리며 항의했지만—.

"학원장님께 부탁받은 일이 있어서 그래. 점심시간에 그 아이에게 안내해줬으면 하는 장소가 있으시다던 걸. 그러니까 좀 빌려 가겠어. 괜찮지? 룩스 군."

"어…… 아, 네."

안내에 대해서는 처음 듣는 이야기였지만, 지금이 빠져나갈 기회라고 생각한 룩스는 그 제안을 받아들였다.

"그럼 그렇게 됐으니, 실례."

크루루시퍼는 그렇게 말하며 룩스의 손을 살짝 붙잡고는, 리샤와 피르히의 대답은 듣지도 않고 복도로 끌고 나갔다.

"—설마, 저 재녀(才女)인 크루루시퍼 양까지 흥미를 보일 줄이야."

"일이 재미있게 흘러가네요?"

배후에서 들려오는 학생들이 재잘대는 목소리에, 룩스는 일말의 불안감을 안고 복도를 따라 걸었다.

†

교실에서 복도로 나와 계단을 올랐다.

아무도 없는 옥상에 도착하자, 크루루시퍼는 난간으로 다가가 가만히 아래를 내려다보았다.

여기서는 넓은 학원 부지의 경치가 한눈에 들어왔다.

선명한 녹색으로 빛나는 안뜰과 커다란 건물.

조금 떨어진 장소에는 여자 기숙사와 기룡 연습장, 제4 기룡 격납고가 있다.

그 밖에도 아직 모르는 건물 몇 개가 있었다.

"저기, 고마워. 크루루시퍼 씨."

아무튼 한숨 돌린 룩스는 우선 감사 인사를 했다.

크루루시퍼 에인폴크에 대한 소문은 동생인 아이리를 통

해 어느 정도 들었다.

공부, 격투기, 장갑기룡의 조작까지도 전부 일류의 솜씨를 지닌 이국의 소녀.

일반인과 비교를 불허하는 미모를 포함해서 학원 내의 사람들 사이에서 평판이 높은 재녀다.

"도와준 거…… 맞겠지? 아마도."

"어린애처럼 생긴 것치고는 의외로 예리한걸?"

"그, 그건 관계없잖아?! 왜 그런 말을 하는 거야?! 안 그래도 신경 쓰고 있는데!"

룩스가 자기도 모르게 얼굴을 붉히자, 크루루시퍼는 키득 웃으며 말했다.

"구제국의 왕자님 주제에 그렇게 금방 발끈하는 점이 어린애 같다는 거야. 이젠 옛날 이야기라고는 해도 명색이 황족이니까, 이런 뻔한 도발 정도는 농이라도 섞어서 돌려주기를 바랐어."

"……."

'안 되겠어. 같은 나이일 텐데, 완전히 머리 꼭대기에 서 있잖아.'

그렇게 룩스가 내심 풀죽어 있으려니—.

"하지만 그것 외에는 칭찬하고 있는 거라구? 감탄했다고 해도 좋아. 내 의도를 눈치채준 덕분에 수고가 줄어들었으니까."

"……저기, 그럼 역시 나한테 할 이야기가 있는 거야?"

"응. 몇 가지 있는데, 우선은 하나만."

그렇게 말하며 맑은 눈동자를 룩스에게 향했다.

"어째서 어제— 그때 쓰러뜨리지 않은 거야?"

"……그건 리즈샤르테 님을 말하는 거야? 아니면 환신수를……."

"나는 양쪽 다 가능할 거라고 생각했거든? 네가 그럴 마음만 있었다면—."

속을 꿰뚫어 보는 듯한 크루루시퍼의 시선에 순간 말문이 막힌 룩스는—.

"……나를 너무 과대평가했네."

몇 초 뜸을 들인 뒤에 그렇게 대답했다.

"확실히, 나는 기룡사 공식 모의전^{토너먼트}에서는 한 번도 져본 적이 없어. 하지만 이겨본 적도 없지."

완벽한 방어와 회피에 전념하여 전혀 공격하지 않는 스타일로 인하여 붙은 『무패의 최약』이라는 이명.

그러나 그 이름이 나타내듯이 전적은 전부 무승부였다.

룩스는 단 한 번도— 승리를 거둔 적이 없었다.

"안심해. 말하기 싫은 것까지 무리해서 알려달라고 할 생각은 없으니까."

'미, 믿지를 않잖아……!'

룩스가 고개를 숙이자 크루루시퍼는 마음의 목소리를 읽

은 것처럼 말했다.

"어머나, 믿을 수 있을 리가 없잖니? 엿보기꾼에 속옷 도둑질이나 하는 왕자님을."

"그, 그러니까! 그런 게 아니래도—."

홍당무로 변한 룩스가 허둥대자 크루루시퍼는 쿡쿡대며 웃었다.

동갑내기 소녀라고는 생각하기 어려운 기품 있는 미소.

그 표정에 룩스는 아주 잠깐 두근거리고 말았다.

"조금, 안심했어."

"어……?"

"내 생각보다 무해한 남자아이라서. 그다지 제국의 황족 같지도 않고."

"……."

칭찬인지 비꼬는 것인지 알 수 없는 말투.

하지만 그녀는 왠지 모르게 즐거운 것 같았다.

"어쩔 수 없잖아. 나는 기껏해야 제7황자라고. 게다가—."

"어린애 같은 얼굴에 키도 작고?"

"그 얘기가 아니거든?! 그러니까…… 이런저런 일이 있어서, 어렸을 때 궁정에서 쫓겨났거든. 그래서 구제국에는 그다지 정을 붙일 수가 없어서, 우리는—."

쿠데타가 성공한 뒤, 신왕국의 은사를 받아 룩스와 아이리는 석방되었다.

속죄의 증거로 주어진 죄인을 상징하는 개목걸이와 고액의 빚.

그리고 또 하나의 거래도—.

"그래."

크루루시퍼는 그 말을 듣고 별다른 감정을 보이지 않고 무정하게 중얼거렸다.

"크루루시퍼 씨는, 기룡사에 대해서 배우려고 유미르 교국에서 유학을 온 거야?"

"그것도 목적 중 하나이긴 하지."

뭐랄까, 이 소녀는 늘 종잡을 수 없는 화술을 선호하는 것 같다.

"그럼 그것 말고는 어떤 목적이 있는데? 백작 가문의 영애라고 들었는데, 신왕국과 교류하기 위해서 라든지—."

"……있지, 『검은 영웅』이라는 거, 알고 있니?"

크루루시퍼는 룩스의 말을 중간에 끊고 질문을 던졌다.

"어……?"

"단 한 기의— 정체불명의 장갑기룡을 타고, 약 1,200기에 달하는 제국 장갑기룡을 거의 다 파괴해서 패배로 몰아넣은 괴물. 소속과 목적도 불명. 현재 신왕국에서는 그 파일럿의 정체가 드러난 적은 없어. 따라서 구제국 입장에서는 멸망의 악마, 신왕국 입장에서는 전설의 영웅이라고 일컬어지고 있지."

"······소문 정도라면 들어봤지만—."

"······."

룩스의 대답에 크루루시퍼는 아무 말도 하지 않았다.

그저 조용히, 옥상 난간 앞에서 눈 아래로 펼쳐진 경치를 내려다보고 있었다.

"저기······?"

"너한테 의뢰하고 싶은 일이 하나 있어."

"응?"

"『검은 영웅』을 찾아줘. 나는 그 사람에게 볼일이 있어."

"······?!"

룩스가 무심결에 숨을 삼킨 순간.

데엥—! 큰 종소리가 시계탑에서 울려 퍼졌다.

"아······."

"오후 수업이 시작하겠네. 다음 시간은 장갑기룡 실기 연습이니까 서두르는 게 좋을 거야."

거기까지 말하고서 크루루시퍼는 옥상에서 내려가는 계단으로 천천히 걸어갔다.

"아, 저기······. 크루루시퍼 씨!"

룩스가 그녀의 뒷모습에 말을 걸자, 크루루시퍼는 걸음을 멈추고 뒤로 돌았다.

자신이 무슨 말을 하려고 했는지도 모르는 채 룩스가 헤매고 있자—.

"그러고 보니, 룩스 군은 점심 먹었어?"

"억……?!"

'그, 그러고 보니 아직 안 먹었잖아!'

점심시간이 막 시작됐을 때는 녹초가 되어 있었고, 그 뒤에는 복잡한 일에 휘말렸으니—.

그렇게 의식한 순간 꼬르르륵, 배에서 작은 소리가 났고, 룩스는 얼굴을 붉혔다.

"열심히 해봐. 귀여운 날품팔이 왕자님."

크루루시퍼는 생긋 웃고는 그대로 떠나갔다.

"……"

어째 희한하기 그지없는 사람이지만, 지금까지 딱 하나 확실하게 알아낸 것이 있었다.

이 사람은, 강적이다. 여러 가지 의미로…….

룩스는 뭐라 말하기 힘든 기분과 주린 배를 끌어안고, 오후 수업을 받았다.

†

"아— 진짜, 피곤해 죽겠네에에에에……."

그날 밤.

여자 기숙사에 병설된 대욕탕.

엊그제 자신이 난입한 욕조와 바닥을 벅벅 문지르는 룩스에게는 피곤한 기색이 역력했다.

오후 수업이 끝난 뒤 룩스의 손에 들어온 『잡일』 의뢰는 무지막지한 숫자에 달했다.

처음으로 이 여학원에 전학 온 남자— 구제국의 날품팔이 왕자가 신기했던 것일까.

아니면 어제의 결투와 사건 탓에 이래저래 주목 받는 것일까.

의뢰는 학원이나 학생들에게서 들어온 것을 포함하여 오늘만 수십 건을 넘었고, 게다가 예약 건수는 계속해서 늘어나고 있었다.

애초에 룩스가 빠듯하기 그지없는 스케줄의 노동을 경험해보지 않았더라면, 훨씬 전에 비명을 질렀을지도 모른다.

"그래도 천국 같은 곳이라고는 생각하지만."

룩스가 신왕국의 은사를 받아 석방된 이후로 약 5년.

날품팔이 왕자로 사는 생활은 결코 순탄한 것은 아니었다.

물론 일터에는 좋은 사람도 있었다.

그래도 셀 수 없이 밀려드는 의뢰 중에는 괴롭고 힘겨운 일도 잔뜩 있었다.

구제국을 원망하는 사람에게는 심한 욕설을 듣거나.

반대로, 구제국의 신봉자에게는 『신왕국의 개』라며 매도당한 적도 있었다.

"하지만— 이곳은."

공부에 전념하면서도 빚을 변제할 수 있고, 게다가 신변의 안전이 보장된다.

그리고 무엇보다도— 장갑기룡 훈련이 일상적이라는 점.

값비싼 기룡의 관리비나 정비비를 부담할 필요가 없어지는 것은, 룩스가 지향하던 생활로서는 이상적이라고 할 수 있었다.

그저 유일하게 마음에 걸리는 거라면—.

"나 같은 게 이런 곳에 있어도 되는 걸까?"

룩스가 중얼거린 순간, 콩콩 하는 가벼운 노크 소리가 들리더니 탈의실 문이 갑자기 열렸다.

"와, 와왓?! 미안! 목욕탕 청소는 이제 막 끝났는데, 지금은 좀—?!"

아차?!

『청소 중』 표지판을 깜빡하고 안 걸어뒀나?

룩스가 급하게 변명하자—.

"기대에 부응해드리지 못해서 미안해요, 오빠. 보고 싶었나요? 저희의 알몸."

여동생 아이리와 그 친구인 트라이어드 소속 1학년, 녹트가 있었다.

참고로 두 사람 다 옷은 제대로 입고 있었다.

"무, 무슨 소리야?! 아, 녹트 씨, 안녕하세요……."

"Yes. 허나 어쩔 수 없지 않을까요. 한창때의 남성은 평소 여러모로 고충이 많다고 들었습니다. 그렇다고 해서 육친을 보며 욕정 하는 것은 과연 어떨까 싶긴 합니다만."

"왜 내가 알몸을 기대했을 거라고 전제하는 거야?!"

"뭐, 그것도 괜찮겠네요. 나중에 유일한 가족끼리 함께 목욕이라도 해볼래요? 오빠."

"아이리…… 되게 창피하니까 남들 앞에서 그런 농담은 좀 참아줄래?"

룩스가 얼굴을 붉히며 항의하자 아이리도 조금 부끄럽긴 했는지 흠흠 헛기침하며 은근슬쩍 넘어갔다.

"그래서, 무슨 일로 온 거야? 오늘 들어온 의뢰는 이 목욕탕 청소가 마지막이니까, 급한 용건이 아니라면 조금 기다리면—."

그러면서 허리를 쭉 펴는 룩스를 보고 아이리와 녹트는 쓴웃음을 지었다.

"그게, 그리 대단한 일은 아니에요. 끝나는 대로 여자 기숙사의 홀 쪽으로 와주세요. 다른 길로 빠지면 안 돼요? 그럼 이만."

아이리는 담담하게 말하며 발길을 돌렸다.

"알았어. 바로 갈게."

"Yes. 기대하고 계세요."

대답한 룩스에게 고개 숙여 인사한 뒤, 녹트도 아이리를 따라 목욕탕에서 나갔다.

"기대……?"

룩스는 고개를 기울이며 중얼거려 보았지만, 결국 무슨 말인지 알 수 없었다.

✝

해가 완전히 떨어진 밤.

의뢰주인 사감에게 청소 상태 점검을 받은 뒤, 룩스는 쉬지도 못하고 아이리와 녹트가 알려준 홀로 향했다.

왕도에 있는 고급 여관만큼 넓은 기숙사 내부를 걸으며, 『나하고는 어울리지 않는 곳이야.』라고 생각하고 마는 자신에게 무심코 쓴웃음을 짓고 말았다.

"그러고 보니, 나도 황족이었지……."

일곱 살까지는 궁정에서 지냈지만, 왕위 계승권을 박탈당한 후에는 성 밖에서 지냈기 때문에 생각만큼 유복한 생활을 보내지는 못했다.

열두 살이 됐을 때는 쿠데타가 일어나, 한 달 남짓한 단기전 끝에 아티스마타 백작이 승리한 뒤 여동생인 아이리와 함께 투옥당하여 한동안 옥살이를 해야만 했다.

그리고— 신왕국 정권의 탄생과 동시에 룩스는 죄인이 되었고, 은사와 함께 인력 제공의 사명과 빚까지 지게 되었다.

구제국 황족, 단 두 명의 생존자.

왕가에서 거의 추방당한 몸이라고는 하나 제국의 피가 흐르는 룩스 남매를 살려서 석방하려면 온갖 약정이 필요했던 것이다.

또 하나의, 절대로 발설해서는 안 되는 비밀과 함께ㅡ.

"……어디 보자, 이쪽 홀이랬지?"

목적지에 도착한 룩스는 걸음을 멈췄다.

'ㅡ그나저나 무슨 일로 이런 시간에 부른 걸까?'

밤이 되면 할 수 없는 일도 많건만.

룩스가 그렇게 생각하며 계단을 내려가자 홀에는 아이리가 있었다.

"일단 옷차림은 정돈하고 온 모양이네요. 다시 봤어요, 오빠."

"나, 나도 그 정도는 한다고! 그, 여자애들의 의뢰이기도 하니까ㅡ."

"그럼, 이쪽으로 오세요. 다들 목이 빠지도록 기다리고 있거든요."

아이리는 룩스의 말을 무시하고 그의 손을 붙잡았다.

그대로 복도를 사이에 두고, 식당으로.

"어라……? 여기는, 분명ㅡ."

식당은 진작에 문을 닫았을 시간인데.

그런 생각을 하며 룩스가 고개를 갸웃하고 안으로 들어

갔더니—.

"편입— 축하해."

소녀들의 목소리가 일제히 들려왔다.

"어……?"

정면을 보니 커다란 테이블 위에 요리가 잔뜩 쌓여 있었다.

소스를 끼얹은 미트파이, 채소 등등이 들어 있는 각종 샌드위치.

식물성 오일로 버무린 버섯 파스타. 스파이스로 맛을 낸 치킨 소테.

채소를 푹 끓여서 단맛을 끌어올린 수프.

레드 와인 병과 홍차 주전자까지 준비돼 있었다.

"이건— 설마?"

"그래, 네 편입을 축하하는 파티야. 룩스 군."

룩스의 반응을 보고 트라이어드의 샤리스가 가볍게 미소 지었다.

자세히 보니 작은 파티 회장처럼 세팅된 식당에 학생들 여럿이 모여 있었다.

리즈샤르테, 크루루시퍼, 피르히.

샤리스, 티르파, 녹트의 트라이어드.

그리고 같은 반 학생 몇 명과 라이글리 교관까지 한 자리를 차지하고 있었다.

한순간 눈앞에 펼쳐진 광경을 믿을 수가 없어서.

마치, 꿈만 같아서.

룩스는 잠시 넋을 잃고 말았다.

"저기, 설마— 저를 위해서?"

"……뭐, 우리가 머리를 맞대고 기획한 조촐한 행사란 말이지. 전 왕자인 너를 대접하기에는 다소 초라할지도 모르겠다만, 그 부분은 이해해줬으면 좋겠군."

3학년 샤리스가 그렇게 말하자.

"맞아 맞아. 요리는 다 같이 손수 만든 거지만, 내가 만든 녀석의 맛은 기대하지 말라구! 무~진장 서투르거든!"

만면에 웃음을 가득 머금은 티르파가 그 뒤를 이어서 말했고.

"No. 그건 이 자리에서 할 말이 아니라고 생각합니다."

마지막으로 녹트가 냉정하게 맞장구쳤다.

"루우. 지금부터는 함께 지내는 거네."

"네게는 큰 기대를 걸고 있다구. —여러 가지로 말이지."

피르히와 크루루시퍼가 룩스에게 한마디씩 한 뒤.

"여어, 아— 그 뭐냐"

안쪽 의자에 앉아 있던 리샤가 가볍게 손을 들며 일어섰다.

"그, 그게— 나는 솔직히 말해서 이런 파티나 행사 같은 것은 질색이다. 그러니까 그, 네가 좋아할지는 잘 모르겠구나. 그래도, 일단은 해두는 편이 낫겠다는 생각이 들어서 말이다……. 이번에는 정말 수고했…… 아니, 그대의 노고를 치하한다, 룩스 아카디아여."

쑥스러운 것처럼 살짝 시선을 피하며 조용히 말했다.

그 모습은 룩스가 처음 보는 빨간 드레스 차림이었다.

"Yes. 리즈샤르테 님께서는 『당신에게 감사와 축하를 하고 싶어서 계획했습니다. 조금이라도 마음에 들었으면 좋겠군요.』라고 말씀하시고 싶으신 것 같군요."

"아, 아니다?! 멋대로 의역하지 마라! 1학년 주제에!"

그렇게 주고받는 모습을 보며 다른 학생들이 왁자지껄 웃음을 터뜨렸다.

"……."

너무나도 놀란 나머지 룩스는 잠시 굳어 있었지만—.

"—감사합니다. 리샤 님. 정말 기뻐요."

자연스럽게 웃으며 그렇게 대답해주었다.

"아, 아니……. 음, 그 뭐냐. 나도 간단하게나마 음식을 하나 만들어봐서 말이지. 그러니까……."

그렇게 뺨을 붉히며 허둥대기 시작하는 리샤를 슬쩍 바라본 샤리스가 헛기침을 했다.

"그럼, 슬슬 건배라도 해볼까?"

그 말에 모두가 잔에 와인을 따르고 높이 들어 올렸다.

떠들썩한 밤이 깊어만 간다.

†

즐거운 시간은 순식간에 지나갔다.

룩스의 환영 파티가 끝나고 다들 해산한 뒤.

"어떡하지…… 까맣게 잊고 있었어……!"

배가 두둑한 데다가 노동과 전학 첫날의 피로까지 겹쳐 룩스는 당장에라도 드러눕고 싶었지만, 가장 중요한 문제가 남아 있었음을 깨달았다.

그것은— 잠자리 문제다.

룩스가 사용하던 방문객용 응접실은 손질을 해야 하는 탓에 당분간 사용할 수 없다고 들었던 것을 조금 전에야 떠올렸다.

여자 기숙사밖에 없는 이 학원에는 아직 룩스가 머물 만한 방이 없었다.

따라서 잠잘 곳을 확보하는 것도 룩스의 과제였으나—.

"어째서 이런 것만 전학 오기 전이랑 똑같은 걸까……."

이렇게 방이 잔뜩 있는데, 그 어디에서도 묵을 수가 없다니.

'파티 자리에서 교관님께라도 상담해볼 걸 그랬어…….'

"안 돼, 못 버티겠어. 졸려……."

누적된 피로와 식사 후의 포만감.

급격히 밀려오는 수마에 저항하지 못하고 한쪽 무릎을 꿇었다.

"조금만 쉬었다가……."

그렇게 복도에 깔린 카펫 위에 앉아 벽에 기댄 것이 마지막이었다.

룩스의 의식은 순식간에 어둠에 삼켜져 깊은 잠 속으로 가라앉았다.

†

삐로로롱…….

작은 새가 지저귀는 소리가 들리고, 눈꺼풀 밑에서 희미한 햇살의 온기를 느꼈다.

아침이다, 라고 룩스는 얇은 꺼풀로 뒤덮인 의식 속에서 생각했다.

복도에서 잠들어 버린 걸까? 그런 것치고는 기이한 감촉이 느껴진다.

'여기 기숙사의 카펫은 따뜻하고 부드럽구나.'

게다가 어쩐지 굉장히 좋은 향기가 났다.

'얼마 전까지만 해도 노숙도, 마구간에서 자는 것도 예삿

일이었으니까……'

그런 생각이 떠올라 룩스는 선잠 속에서 쓴웃음을 지었다.

이렇게 돌이켜보니 빈곤한 생활이 몸에 어지간히 배어버린 모양이다.

슬슬 일어나야지, 할 일이 태산 같은데.

하지만 조금만 더, 이대로—.

그렇게 생각하며 눈을 감은 채, 손에 잡히는 **모포**를 끌어당기려고 했다.

"으응……."

말캉, 부드러운 무언가가 손에 닿으며 그런 소리가 들려왔다.

"어라……?"

'뭐지, 이게?'

말랑말랑하고 두툼하고, 매끄러운 데다가 정말 부드럽다.

마치 갓 반죽한 빵 반죽 같은 탄력이 있어서, 쑥 파고든 룩스의 손가락을 다시 밀어냈다.

그 기분 좋은 감촉에 룩스가 눈을 감은 채 몇 차례 그것을 주물렀더니—.

"응, 후응……."

"……?"

앞에서 들리는 목소리가 육감적으로 변했다.

그것에 흠칫 놀란 룩스가 눈을 뜨자—.

"억……?!"

부풀어 오른 연분홍색 머리카락, 살짝 실눈을 뜨고 있는 금색 눈동자를 지닌 소녀.

피르히 아인그람이 같은 침대에서— 룩스 밑에 누워 있었다.

"뭐야……?! 왜 피이가 여기에?!"

"……아, 잘 잤어? 루우. 후암~."

혼란스러워하는 룩스와는 대조적으로 피르히는 잠에 취한 눈을 깜빡였다.

그녀의 옷차림은 얇은 셔츠 한 장으로, 위쪽으로는 풀어 헤쳐진 가슴이— 아래쪽으로는 팬티가 보였다.

"대…… 대체 무슨 일이 있었던 거야?! 어째서?! 왜—."

룩스는 허둥지둥 침대에서 일어나 주위를 둘러보았다.

2층 침대에 옷장, 2인용 작은 테이블, 책상—.

어딜 어떻게 보나 여자 기숙사 2인실이었다.

"……세면장은, 1층에 있다구?"

"아니야?! 내가 신경 쓰는 건 그쪽이 아니라니까?! 그, 그보다 좀 가려봐! 보인다고! 이것저것 다 보인다니까!"

룩스는 정신없이 딴죽을 걸면서 재빨리 양손으로 자신의 눈을 가렸다.

그러자 피르히는 "후암……." 하고, 귀엽게 하품을 하며 다시 침대로 파고들었다.

"야?! 또 자면 어떡해! 이 상황은 대체 뭔데?! 나는 분명, 어젯밤에—."

"응. 내가 데려왔어. 화장실 가는 길에 루우가 복도에서 자고 있는 걸 봤거든……. 그러다 감기 걸린다?"

"아, 고마…… 가 아니지?! 여기는 여성용 2인실이잖아?!"

"이 방에는 나 혼자만 사니까, 괜찮은걸?"

"2층 침대면서 왜 나랑 같은 층에서 자는 건데?!"

"루우를 위로 옮기기가 귀찮았거든. 졸려서……."

"그, 그럼 피이가 위로 올라가면 되는 거였잖아……."

"사다리를 올라가기가, 귀찮았어."

"……."

토론 종료.

"하, 하지만……. 아무리 그래도 이건 위험하다니까, 여러 가지로—. 피이도 나도, 슬슬 나이가 나이이니까."

"나는, 괜찮은데?"

"아아, 진짜……. 넌 대체 어디까지 옛날 그대로인 거야……!"

아무리 세상 물정 모르는 아가씨라고 해도, 이건 좀 아닌 것 같다는 생각이 들었다.

옛날처럼 친근하게 대해주는 것은 물론 기뻤지만, 지금은 자극 쪽이 더 강했다.

외모든 풍겨 오는 향기든 죄다 성장한 『여자아이』를 느끼게 하는 것이다.

"루우는, 변했어?"

"어……?"

살짝 몸을 일으키며 평소처럼 진지한 표정으로 그렇게 물어보았다.

"나는, 아무것도 변하지 않았다고 생각해. 그 시절처럼, 상냥한 루우로 보여."

그리고 그녀는 아주 연한 미소를 지어 보였다.

오래전부터 정말 친하게 지낸 사람만이 눈치챌 수 있는 부드러운 미소를.

"괜찮아. 분명 변하지 않았어. 우리는."

"──."

뭘까.

피르히의 미소와 그 한마디에 룩스는 눈물이 나올 것만 같았다.

왜냐하면, 나는.

나는, 그 쿠데타의 마지막 날에─.

쿵쿵!

그 순간, 방문을 두드리는 소리가 울렸다.

"피르히! 아침이다—? 빨리 안 일어나면 지각한다구! 가뜩이나 지각도 자주 하면서, 이 이상 늦으면— 나 들어간다?"

트라이어드의 2학년, 티르파의 목소리가 문을 넘어 들려왔다.

"으……?!"

'망했다!'

아무리 사정이 있다고 해도, 이런 광경을 보여줬다가는—.

"피르히…… 있잖아? 이제 일어났으니까, 내 이야기는 비밀로—."

"응. 들어와."

룩스의 말이 끝나기도 전에 피르히는 선뜻 대답했다.

"야—?! 설마 문도 안 잠가둔 거야?!"

철컥, 문이 열리고 티르파가 들어왔다.

"—어라?"

그리고, 입을 떡 벌리며 룩스와 피르히를 번갈아서 보더니—.

"……"

콰앙.

"실례했습니다—!"

"잠깐만?! 그런 거 아냐! 그 이야기를 퍼뜨리지 마—!"

룩스는 헐레벌떡 방을 박차고 나와, 도망가는 티르파를

쫓았다.

　결국, 룩스와 피르히와 티르파는 모두 사이좋게 지각하고
말았다.

Episode 6

기룡 공방과 입단 시험

<small>아틀리에</small>

제도의 성시(城市). 그 외곽에 있는 작은 저택의 응접실에 룩스와 손님이 앉아 있었다.

5년 전의 4월.

제도 북동부를 다스리던 영주 아티스마타 백작은, 20일 뒤에 각지의 레지스탕스를 집결시켜 봉기.

인근 제후국의 지원을 받아 총 7만의 병력과 기룡사 207기를 이끌고 제도를 공격하기로 했다.

바로 그 최중요 기밀을 전달하기 위해 후길은 이곳에 찾아왔다.

여동생인 아이리가 변경백 밑으로 가게 되기까지 정확히 10일 남은 날의 일이었다.

머리를 푹 덮어버리는 로브로 몸을 감싼 후길은, 촛불로 밝혀진 테이블 자리에 앉으며 조심스럽게 얼굴을 드러냈다.

"일은 예정대로 진행되고 있단다, 아우야. **너의 계획**을 따라 모든 것이 매끄럽게 움직이고 있어."

"고맙습니다."

룩스는 가볍게 인사한 뒤, 이어서 허리에 차고 있던 기공각검을 내려놓았다.

"제 쪽도 준비는 끝났습니다."

"역시 대단하구나, 아우야."

그 말을 들은 후길은 감탄하며 고개를 끄덕였다.

"너는 내 예상을 훌쩍 뛰어넘었다. 너는 사상 최연소 파일럿으로서 제국군의 훈련과 모의전을 넘나들며 수백 번의 승리를 쟁취하고, 그 실력을 만천하에 드러냈지. 본디 그 전인미답의 위업은 전 국토는 물론 황제에게서도 칭송받아 마땅한 것일진대— 뿌리까지 썩어 문드러졌구나, 이 나라는."

그는 체념 섞인 목소리로 말을 이었다.

"너는 첩의 자식으로 태어난 제7황자야. 게다가 제국의 정치에 이의를 제기한 인물이다. 아무리 빼어난 실력을 지니고 있어도, 어떠한 공적을 세운다 해도— 순혈이 흐르지 않는, 다른 주장을 품은 그런 인간을『영웅』으로 만들 수는 없다는 거겠지."

"저는, 저를 영웅으로 찬양해주기를 바란 적이 없습니다. 그저—"

"알고 있어."

침착한 룩스의 대답에 후길은 미소를 보였다.

"한 번만 더 물으마. 정녕 그 전투 방식을 포기할 수는 없는 거냐? 일부러 적을 구하기 위해 위험을 부담할 필요는 없잖니. 네가 그럴 마음만 먹는다면, 물론 희생이 생기겠지만 지금보다 안전하게—."

룩스는 회유하는 듯한 후길의 말투에도 흔들리지 않고 고개를 들어 올렸다.

"설령 계획이 성공한다고 해도, 그래서는 의미가 없어요."

"군 관계자의 태반은 황족의 꼭두각시야. 장갑기룡이라는 절대적인 흉기를 휘두르며, 명령에 따라 무고한 백성의 고혈을 쥐어짜고, 학살만 해대지. 그들에게도 책임이 전혀 없다고는 할 수 없어."

"하지만 원하지 않는 명령을 강제로 따르는 것일지도 몰라요. 군인들에게도 가족은 있을 겁니다."

"후우……. 정말이지, 네 각오에는 탄복할 수밖에 없구나."

후길은 다소 질린 듯한 기색으로 쓰게 웃고는 자리에서 일어섰다.

"그럼 사흘 뒤, 네가 지시한 대로 다시 여기 오마. 그때는 확실하게 대답해주길 바라. 나의 《바하무트》와 함께 《와이번》으로 협력할 것인지. 아니면—."

"……."

"역시 그놈들을 죽이고 악습을 끊어내야만 해. 변하지 않는 것에 질리지도 않고 물어볼 생각이냐? 아니면 변하려고 하는 것에 모든 것을 걸어볼 테냐. 네가 제국의 왕자로서, 주어진 사명을 다 하겠다는 긍지를 갖고 있다면—."

"……저는……."

표정을 바꾸지 않는 룩스를 보며, 후길은 돌아갈 채비를 시작했다.

그리고 배웅하려고 하는 룩스를 손으로 제지하며 천천히 입을 열었다.

"아아. 그러고 보니 생각났다, 룩스. 네가 전에 조사를 부탁했던, 현재 제국군이 시행 중인 투약과 수술을 이용한 인체 실험 말이다."

"……네."

느닷없이 튀어나온 한마디에 룩스는 약간 동요하는 기색을 보였다.

도를 넘어선 남존여비 풍조.

여성은 전부 도구.

남자에게 복종하는 것이 당연하다는 제국의 전통문화.

귀족 남성이 욕망의 배출구나 노동력으로 써먹기 위해 온갖 구실을 붙여 시민이나 빈민층 소녀를 납치해 가는 광경은 드문 일도 아니었다.

그러나 이 시기에는 그보다 훨씬 끔찍한 일이 벌어지고 있었다.

군부의 어떤 특수한 인체 실험에 어린 소녀들을 사용한다는, 잔혹하기 그지없는 만행이.

표면적인 이유는 역병을 치료하기 위한 약품 제조와 임상

시험이었다.

하지만 그 실체는 독약이나 병기의 인체 실험이라는 소문이 돌고 있었다.

그 결과 피험자 대다수는 정체 모를 후유증을 얻거나, 더러는 죽음이라는 사실과 함께 가족의 품으로 돌아갔다.

"어린아이— 그중에서도 어떤 기준에 따라 선택된 피험자가 실험에 적합한 모양인지, 이번에는 몇 명의 귀족 자녀들까지 군사 시설로 끌려간 것 같더구나. 피르히 아인그람. 너와 사이좋게 지내던 소꿉친구 소녀도 말이다."

"……."

그 이야기를 들은 순간, 룩스의 표정이 미미하게 굳어졌다.

"언니인 렐리는 통곡하며 제발 놓아달라고 궁정으로 간청하러 갔지만, 단박에 거절당한 모양이더군. 빠르면 2주 이내에 투약과 수술— 실험을 시작하려는 예정인 것 같았다."

"알겠습니다."

그래도 룩스는 금방 냉정함을 되찾고 대답했다.

"그럼 아우야. 네가 영단(英斷)을 내리기를 믿고 있으마."

후길이 언제 저택에서 떠났는지는 알 수 없었다.

그곳에 남은 것은 그저 어둠과 빗소리뿐이었다.

†

룩스가 왕립 사관 학원에 오고 나서 며칠 뒤.

처음으로 찾아온 휴일을, 룩스는 여자 기숙사에 있는 어떤 방에서 보내고 있었다.

"─오빠, 오빠도 참. 일어나세요."

"음……."

누군가가 자신의 몸을 흔들어대는 감각에 룩스는 눈을 떴다.

"아이리……?"

잠기운을 애써 쫓으며 실눈을 뜨자, 우선은 여동생의 얼굴. 그다음에는 2층 침대 근처의 천장이 눈에 들어왔다.

아무래도 아이리는 룩스를 깨우려고 그가 자고 있던 2인실까지 찾아온 것 같았다.

"빨리 내려와서 식당으로 와주세요. 할 이야기가 있어요."

"응……. 알았어."

휴일인 탓일까, 아이리는 교복이 아니라 시크한 사복 원피스를 입고 있었다.

거의 한 장소에 붙어 있지 못하는 삶을 살아온 룩스는 그저 그것만으로도 깊은 감동에 젖었지만─.

"아이리가 나를 깨워준 게 몇 년 만이더라?"

"그런 것보다 오빠, 이게 어떻게 된 일이죠?"

미소를 띠고 있던 아이리의 눈가에 갑자기 그늘이 내려

왔다.

"아, 아니, 그게……."

아이리는 무심코 고개를 돌린 룩스의 뺨을 가만히 양손으로 붙잡고는 도끼눈으로 노려보았다.

"잠시 못 보던 사이에 상당한 작업꾼이 되셨네요? 3분 이내에 식당으로 와주세요."

"옷도 못 갈아입을 것 같은데?"

"그런가요? 평소에는 동거인이랑 느긋하게 옷을 갈아입나 보군요?"

힐끗, 2층 침대의 아래층으로 시선을 돌리며 아이리가 말했다.

쌀쌀맞은 목소리에 룩스는 "바로 가겠습니다."라고 대답할 수밖에 없었다.

"그럼, 기다릴게요."

어처구니가 없다는 태도로 아이리는 부리나케 방에서 나갔다.

"에휴, 혼나게 생겼네……."

"음냐. ……루우."

아래쪽 침대에서 들려온 피르히의 잠꼬대에 룩스는 쓴웃음을 흘렸다.

"다녀올게, 피이."

†

여자 기숙사 식당은 휴일에도 문을 연다.

다만 요리가 나오는 시간대가 정해져 있어서 아침 일찍 가봤자 바로 식사를 할 수 있는 것은 아니다.

그래서 휴일의 이른 시간에는 학생들이 거의 없었다.

그런 와중에 룩스와 아이리는 작은 테이블 자리에 앉아 서로 마주 보고 있었다.

"어느 정도 학원 생활에도 익숙해진 것 같아서 다행이네요. 사이가 너무 좋은 게 아닌가 싶기도 하지만요."

홍차가 담긴 잔에 입을 대며 아이리가 비꼬아 말했다.

"그러니까…… 그건 불가항력이라니까……. 알아봤더니 여자 기숙사에 빈방은 하나도 없었고, 그나마 들어갈 만한 데가 피르히가 있는 2인실이었다고. 이유는 모르겠지만, 룸메이트가 없어서, 그—"

"흐응? 그러니 소꿉친구 여자아이의 방에서 살아도 괜찮다, 이건가요? 방탕하네요. 불건전하기 짝이 없어요. 렐리 학원장님께 일러도 되죠?"

"아 진짜, 나도 당연히 렐리 씨한테 상담해봤지. 그랬더니 『동생을 잘 부탁해..』, 『룩스 군이라면 괜찮아.』라고, 웃으면서 그러더라니까……."

결국 여자 기숙사에서 룩스가 머물 수 있을 만한 장소를 찾을 때까지는 피르히와 함께 생활하라는 말을 듣고 말았다.

피르히는 겉으로 보이는 것처럼 마이페이스적인 성격이라 불편해하기는커녕 아예 기뻐하는 것 같았지만, 룩스는 좀처럼 잠들지 못하는 나날을 보내고 있다.

트라이어드 세 사람과 아이리는 이미 눈치챈 것 같았지만, 될 수 있는 한 이 이야기는 비밀로 해두고 싶었다.

"오빠의 상식을 바로잡기 전에 학원장님을 설득하는 게 먼저인 것 같네요……."

그리고 즉석에서 렐리와 대화를 나누는 모습을 떠올렸는지, 아이리는 한숨을 한 번 내쉬었다.

"그래서, 오늘은 무슨 일로 불렀어? 아이리."

"어머나, 볼일이 없으면 자기 오빠랑 이야기도 못 하는 건가요?"

룩스의 질문에 아이리는 장난스러운 웃음을 돌려주었다.

병약했던 과거와는 달리, 그녀는 어느덧 상당한 말솜씨를 자랑하는 레이디가 되어 있었다.

"그러면, 어어…… 아이리는 학원 생활 잘하고 있어?"

"네. 다들 정말 잘 대해주시니 오빠가 걱정할 필요는 없어요."

"그렇구나. 아이리는 모두에게 사랑받고 있구나."

"그러도록 행동하고 있으니까요."

쿨하게 웃으며 시원하게 대답했다.

"……역시, 여전히 요령이 좋구나."

룩스는 쓰게 웃으며 말했지만, 약간 복잡한 심경이기도 했다.

후계자 다툼에서 일찌감치 낙오됐다고는 하나 아이리는 황족의 『여자』다.

어려서 어머니를 잃은 후 그녀는 이래저래 복잡한 처지였기 때문에, 어릴 때부터 다부진 성격이 몸에 배지 않았더라면 지금까지 살아남지 못했을 것이다.

그렇게 생각하면 오빠로서 좀 더 어리광 부리게 해주고 싶다는 마음이 들었으나…….

"오빠는 여전히 성가신 일과 귀찮은 것들만 떠맡고 있는 것 같네요. 뭔가 의논하고 싶은 게 있다면 얼마든지 말해주세요."

"……아, 괜찮아."

마땅히 대답할 말이 없어서 룩스는 복잡한 미소를 돌려주었다.

아무래도 어리광 부리는 건 자기 쪽인 것 같다.

아이리는 정말 강하게 자랐구나.

"오늘도 일하러 가는 거예요?"

"응. 아침만 먹고 학원 내의 『공방』이라는 곳에 갈 예정이야."

"학생 쪽 의뢰인가요?"

"학원 쪽, 인 것 같아. 어쨌거나 그쪽을 우선해야지."

"그것만 아니었더라면, 휴일에 아가씨들이 데이트를 신청했겠죠."

"무, 무슨 소리야?! 그럴 리가—."

"하아…… 오빠는 이래서 안 되는 거예요. 예전부터 그랬지만, 타인의 눈에 비치는 자신의 모습을 조금이라도 자각해주세요. 오빠가 빨리도 눈에 띈 바람에 저한테도 의뢰가 잔뜩 들어오고 있답니다?"

놀리는 듯한 말에 룩스가 당황하자 아이리는 한숨 섞인 목소리로 대답했다.

"뭐……?"

"오빠랑 대화할 수 있는 자리를 주선해줬으면 좋겠다거나, 자신에 대해서 자연스럽게 어필해줬으면 좋겠다거나……. 이곳 아가씨들은 대체 무슨 생각을 하는 걸까요."

"……진짜야?"

"네. 구제국 시절엔 시민 이하의 여성은 천대받는 풍조였고, 설령 귀족이라 해도 정략결혼을 위한 도구 취급을 받는 게 당연지사였으니, 그다지 남성을 가깝게 느껴본 적도 없을 텐데 말이죠."

"……평화, 라는 걸까?"

"개인적으로는 조금 심한 것 같다고 생각하지만, 신왕국이 건국된 이래 큰 사건은 일어나지 않았으니까 어쩔 수 없는 것일지도 모르겠네요. 오랜 세월 폭정을 펼쳐온 구제국이 멸망한 지 아직 5년밖에 지나지 않았잖아요? 신왕국 사람들에게는 아직 꿈처럼 즐거운 축제 도중인 거겠죠, 분명."

중얼거리며 홍차를 한 모금 마셨다.

시니컬한 말투와는 반대로 아이리의 표정은 아주 싫지만은 않은 것 같았다.

"언제까지고, 계속됐으면 좋겠네."

"그러기 위한 또 하나의 목적, 잊지는 않았겠죠? 오빠."

룩스가 동의한 순간, 거의 텅 빈 식당에서 아이리는 더욱 낮은 목소리로 물어보았다.

"……응. 알고 있어."

마찬가지로 목소리를 낮추며 대답했다.

"그렇다면 안심이에요. 그 기룡의 출력에 대한 분석은 조만간 전망이 보일 테니까, 그때까지는—."

룩스가 고개를 끄덕이자 아이리는 홍차를 전부 마시고 자리에서 일어났다.

"어라? 아침은 같이 안 먹을 거야? 이제 곧 요리사가 올 시간인데—."

"오늘은 그만할래요. 반 학생들이 저랑 오빠가 단둘이 있는 모습을 봤다가는 질투할 테니까요."

아이리가 농담처럼 대답하자 룩스는 쓴웃음을 지었다.

"아니, 아무리 그래도 그러지는 않겠지. 우리는— 남매잖아."

"게다가 이 이상 같이 있으면 떨어지기 싫어질 것 같거든요."

홍차 향기가 섞인 작은 목소리가 들렸다.

"어……?"

"농담이에요, 오빠. 그러면, 예의 검만큼은 뽑지 않도록, 아무쪼록 유념하시길."

마지막으로 그렇게 말하며 아이리는 식당을 떠났다.

†

룩스는 아침 식사를 마친 뒤 오늘치 일을 하기로 했다.

참고로 룩스 앞으로 온 의뢰서는, 처음 만났을 때의 신기함이 사라지면서 줄어들기는커녕 시간 경과에 비례해서 점점 늘어나는 통에 이제는 물리적으로 처리할 수 없는 영역까지 치달아 있었다.

그래서 중요도, 우선도 등등을 룩스가 판단하여 임무 수령을 결정하는 방향으로 정착되었다.

"뭐, 쉬지 못하는 건 익숙하니까 괜찮지만."

의뢰서 다발을 넘겨보며 룩스는 탄식했다.

화단에 물주기, 공부나 기숙사 청소 보조 등은 쉬운 축에 들어갔다.

　장바구니 들어주기, 옷 갈아입는 것 도와주기, 마사지, 다과회의 말상대쯤 되면 공사 혼동을 넘어서 룩스를 집사 내지는 그 비슷한 것과 착각하고 있을 가능성이 농후했다.

　"……아니, 그보다 절반 정도는 남자가 할 수 있는 일이 아니잖아?!"

　자기도 모르게 의뢰서 다발에 대고 딴죽을 걸었다.

　하지만 농담이 아니라 진심으로 적어서 보낸 학생들도 많은 것 같아서 두통이 일었다.

　그래도 우선 처리해야 할 일이 있으면 거절할 수 있으니, 지금 당장은 안심이었다.

　오늘 해야 하는 일은 학원 측에서 들어온 의뢰였다.

　【현장】왕립 사관 학원 기룡 연구 개발소·공방
　【의뢰인】기룡 연구 개발소 소장
　【업무내용】기룡 운용 테스트

　공방이라는 것은 학원 부지 내의 외곽에 자리 잡은 거대한 건물을 말하는 것 같았다.

　대장장이 일이라면 날품팔이로 몇 번 도와준 적이 있지만, 장갑기룡 공방은 처음이었다.

　익숙하지 않은 일이라 조금 불안했지만, 그만큼 기대되기도 했다.

애초에 기룡 정비사 견습으로 일하러 올 예정이었으니 환영이었다.

"실례합니다. 룩스 아카디아입니다. 의뢰하신 일을 하러 왔는데요."

가볍게 노크를 한 뒤 큰 목소리로 인사했다.

"……."

하지만 약간 긴장한 룩스의 목소리에 대한 대답은 정적뿐이었다.

"얼레……?"

다시 한 번, 의뢰서와 학원의 대시계를 번갈아서 확인했다.

틀림없었다.

장소도 시간도 맞을 텐데—.

시험 삼아 문고리를 돌려봤더니 잠겨 있지 않았다.

"허술한걸……."

장갑기룡의 존재나 기술은 나라를 불문하고 최고 기밀일 텐데.

아무리 학원 부지 내에 있다고 해도 이건 좀 심했다.

쓴웃음을 지으며 룩스는 조심스럽게 안쪽에 발을 들여놓았다.

"실례합니다. 누구 안 계세—."

꺼내려던 말을 무심코 그대로 삼키고 말았다.

금속과 기름 냄새가 자욱한 벽돌로 만들어진 넓은 공간.

무수한 부품과 공구가 굴러다니는 그 안쪽에, 한 기의 괴물이 있었다.

과거에는 제도의 궁정에서.

날품팔이 왕자가 된 뒤에는 모의전을 치르기 전의 기룡 격납고에서 수많은 기룡을 봐왔다.

그러나— 이것은 그것들과는 전혀 달랐다.

《와이번》과 《와이엄》이 반씩 융합된 듯한 기이한 기룡.

"이것은—?"

"으응……. 대체 뭐야? 시끄럽게—."

룩스가 멍하니 그것을 바라보고 있자, 갑자기 근처에 있던 소파에서 목소리가 들렸다.

"리샤 님……?"

얇은 모포를 덮고 자고 있었던 사람은, 교복 위에 하얀 가운을 걸친 리샤였다.

이곳에서 하룻밤을 보냈는지 온통 꾀죄죄했고, 머리도 약간 부스스했다.

게다가 교복은 흐트러져서 블라우스가 젖혀 올라간 상태라, 룩스는 자기도 모르게 시선을 돌렸다.

"이런 곳에서 뭐 하고 계세요?"

"……어라? 룩스가 왜 여기에—. ……아아, 그래. 그러고 보니 의뢰했었지. 후아암……."

잠에 취한 눈을 비비며 리샤가 영문 모를 말을 했다.

룩스가 일단 밖으로 나가 식당에서 차를 받아 오자, 복장을 정돈한 리샤는 그것을 단숨에 쭉 들이켰다.

"후—. 눈치가 제법 빠르구나, 룩스. 역시 내가 인정한 남자다!"

공주님답지 않은 행동을 보이며 기분 좋게 웃는 리샤.

아마 공방에 견학이라도 왔다가 그대로 하룻밤 묵은 것이리라.

"안녕하세요. 그런데 공방 소장님은 어디 계신가요?"

어느 정도 정리가 됐다고 생각한 룩스가 묻자—.

"여기다 여기. 네 눈앞에 있잖나."

리샤는 자신의 작은 얼굴을 가리키며 대답했다.

"……네?"

"아직도 눈치 못 챈거냐—. 네 통찰력에 대한 평가는 다소 수정을 좀 해야겠군! 내가 바로 소장이란 말이다."

"……엑?"

아니, 확실히 작업용 가운처럼 보이는 걸 입고 있긴 하지만…….

솔직히, 어린애가 옷을 입고 노는 것처럼밖에 보이지 않는다.

옷자락도 바닥에 늘어져 있고.

"홋. 도발하는 솜씨가 제법이구나. 좋다. 받아주지."

리샤는 자신만만하게 웃고는, 허리에 찬 두 자루의 기공각검을 동시에 뽑았다.

"윽……!"

"—강탄(降誕)하라, 천지와 쌍을 이루는 쐐기, 꿰뚫린 혼돈의 용. 《키메라틱 와이번》!"

그 순간 공방 안쪽에서 본 기괴한 기룡이 광자로 변하여 리샤의 등 뒤로 전송됐다.

"이건—?!"

"접속^{커넥트}— 까지는 할 필요 없겠지. 좋아, 돌아가라."

리샤가 동시에 두 자루의 기공각검을 휘두르며 검집에 넣었다.

그러자 소환된 기룡이 다시 빛의 입자로 변해 안쪽 창고로 돌아갔다.

"……저건 뭡니까?"

휘둥그레진 눈으로 룩스가 물어보았다.

"어때, 놀랐는가?"

룩스의 반응에 기분이 좋아진 리샤가 팔짱을 끼며 가슴을 활짝 폈다.

"《키메라틱 와이번》. 내가 개발한 세계 최초 오리지널 장갑기룡이다."

"——?!"

룩스는 귀를 의심했다.

유적에서 발굴된 고대 병기인 장갑기룡.

발견된 이래로 십여 년이 지난 지금까지도 그 구체적인 원리는 해명되지 않아서, 할 수 있는 거라곤 기존의 부품을 장착하거나 교환하는 수준의 조정 정도였다.

그런데 이처럼 아예 다른 기룡을 만드는 레벨의 개조라니, 그 어떤 나라에서도—.

"환옥철강과 환창기핵을 가공할 수만 있다면 그 밖에도 이것저것 가능할 것 같다만—. 그리고 저 기체, 성능과 출력은 꽤 뛰어나지만, 기동하려면 두 자루의 기공각검을 사용해야만 한다는 게 살짝 흠이지."

서로 다른 두 기룡의 융합.

그리고 기공각검 이도류라니, 들어본 적도 없다.

만약 독자적으로 두 기를 결합시키고 쌍검을 사용한 조작까지 마스터했다면, 이 소녀는 기술자로서 엄청난 재능을 감추고 있을 것이다.

"저기, 리샤 님은 대체 어떤 분이십니까?"

"훗. 나를 다시 봤는가?"

만족스럽게 웃으며 리샤는 작업대 앞 의자에 걸터앉아 룩스를 올려다보았다.

"좀 더 평가해봐라. 나는 말이다, 신왕국의 공주라는 지위를 이용해서 너를 편입시킨다는 억지를 허가받은 게 아니다. 이 나이에 개인 공방을 맡을 정도의 실력을 보이고, 성과를 내고 있는 덕분이지. 어때, 놀랐는가?"

"그런데 저 안쪽에 심하게 그을린 자국이랄까, 뭔가 폭발한 흔적 같은 게 보이는데요……."

"……실패는 성공의 어머니다."

문이 고장 나서 활짝 열려 있는 방을 가리키며 룩스가 질문하자, 미미한 동요를 숨기며 리샤는 단호하게 대답했다.

깊이 파고드는 것은 관두기로 하고, 룩스는 다른 질문을 던졌다.

"혹시, 수업 중에 자주 조는 것도 이 연구 때문이었나요?"

"반은 정답이다. 허나 수업은 제대로 듣고 있고, 실기에서는 절대로 졸지 않아. 라이글리 교관은 내가 왕녀라고 해도 봐주는 법이 전혀 없거든. 기룡 훈련 중에 대충 움직이며 얕보다가는 험한 꼴을 보기 마련이지. 정말이지 존경할 만한 사람이야."

빈말이 아니라 정말로 감탄하는 것 같았다.

"그럼, 나머지 반은요?"

"자, 네 기공각검이다."

리샤는 질문에 답하지 않고, 책상 위에 있던 기공각검을 들어 룩스에게 건네주었다.

받아 든 그것은 틀림없이 룩스의 《와이번》과 짝을 이루는 검이었다.

© 2013 Ayumu Kasuga

"이것은 분명, 정비사에게 수리를 부탁한—."

"그래. 네 장갑기룡은 내가 이곳에서 수리했다."

너무 당연하다는 듯한 대답이 돌아와서 룩스는 귀를 의심했다.

기룡의 수리나 정비, 조정은 파일럿 외의 전문가가 필요할 정도로 어렵다.

특히나 룩스의 《와이번》은 환신수와의 싸움에서 반파당했기 때문에, 수리하는 데 많은 시간과 돈이 들어갈 거라고 생각했지만—.

"정말입니까?!"

"학원을 구한 영웅의 기룡 아닌가. 별로 놀랄 일도 아니지. 며칠 밤을 새우면서 오늘 아침까지 시간이 걸렸지만 말이다."

"정말 감사합니다!"

자기도 모르게 활짝 웃으며 룩스는 머리를 숙였다.

기룡 두 기를 분해해서 새로운 기룡을 만들어낼 정도의 솜씨다.

리샤 같은 천재 기술자에게 이 정도는 식은 죽 먹기일지도 모른다.

그러나 거대하고 무거운 금속 기룡을 몸집이 작은 소녀 혼자서 수리하는 것이 얼마나 고된 일일지는 룩스도 쉽게 상상할 수 있었다.

"음…… . 그, 그렇게 기뻐하니 나도 기분이 썩 괜찮군…… . 조, 좀 더 칭찬해다오. 머리라든지, 쓰다듬어줘도—."

리샤가 갑자기 뺨을 붉히며 가볍게 머리를 긁적였다.

그리고 "네?" 하고 되묻는 룩스를 보고는 황급히 헛기침했다.

"그, 그럼, 잘 움직이는지 바로 테스트를 해보지."

"네."

룩스는 허리의 벨트에 차고 있던 기공각검을 뽑으며 패스코드를 읊었다.

"—오라, 힘을 상징하는 문장의 익룡. 나의 검을 따라 비상하라, 《와이번》."

빛의 입자가 눈앞에 모여들며 순식간에 룩스의 곁으로 전송— 소환됐다.

그 자리에는 파괴되었을 터인 푸른 기룡이, 완전히—.

"얼레……?"

룩스가 고개를 갸우뚱했다.

완전히— 룩스가 사용하던 것과는 다른 형상으로 뒤바뀌어 있었다.

《와이번》은 세 종류의 범용기룡 중에서 비행 능력을 지닌 장갑기룡이다.

룩스는 그것을 베이스로 삼아 정비사에게 튜닝을 부탁해서 두꺼운 장갑을 두르고 있었으나—.

"이, 이게 뭡니까?!"

눈앞에 있는 것은 불길하게 생긴 괴룡(怪龍)이었다.

양쪽 어깨에 연결된 캐논과 등과 다리에 있는 비행용 분사구.

변명이라도 하는 것처럼 이전에 사용하던 대형 블레이드가 남아 있긴 했지만, 두꺼웠던 장갑은 반 이상이 벗겨져서 칼집에서 뽑아낸 검처럼 날카로운 실루엣으로 변해 있었다.

"아아, 수리하다가 이것저것 신경 쓰여서 말이지―. 살짝 개조해보았다."

"살짝 레벨이 아닌데요?! 왼손에 드릴 같은 게 붙어 있잖아요?! 이게 대체 뭡니까?!"

"아, 그거 말인가. 멋지지 않나? 유적에서 발견된 것들 중에서도 희소한 파츠다."

기분 좋아 보이는 리샤를 보자 룩스는 말문이 막혔다.

지금까지 잡일을 해오며 목격한 기술자와 장인들의 나쁜 점이 떠올랐다.

"도대체가 이상하단 말이다. 네가 사용하던 저 장갑기룡은."

리샤는 거침없이 쏘아붙였다.

"기본 기체에 장갑을 강화하기 위한 파츠만 과도하게 증설해두었지? 기동성이 장점인 비행 타입 기룡의 장갑을 쓸데없이 두껍게 만들어서 중량을 올리다니, 생초보나 할 법한 짓이다. 이래서야 기껏 주어진 성능을 조금도 발휘할 수 없지 않은가. 애초에 생긴 것부터가 촌스럽기 그지없단 말이다."

"아뇨, 외형은 딱히 관계가……."

룩스는 서슬퍼런 리샤의 기세에 짓눌리면서도 반론을 꺼내보았지만—.

"네 녀석은 바보냐! 장갑기룡에게 첫 번째로 중요한 것은 기능성, 두 번째로 중요한 것은 멋이다! 이걸 보기만 해도 그런 조잡한 기룡에게 이길 수 없었던 내가 비참해진단 말이다!"

"……."

말이 너무 심하잖아…….

룩스는 그렇게 생각하며 한숨을 쉬었다.

"저기, 죄송합니다……. 기분을 모르는 건 아니지만, 원래대로 돌려놓아 주시면 안 될까요? 그게 가장 사용하기 쉽고, 익숙한지라—."

리샤의 주장은 엉뚱한 것은 아니었다.

아니, 실제로 거북하기는커녕 그녀의 말에는 하나도 틀린 것이 없었지만— 그래도 룩스에게는 바꾸고 싶지 않은 이유가 있었다.

"……무슨 일이 있어도?"

"부탁드립니다."

꾸벅 고개를 숙였다.

"어쩔 수 없군—. 시간을 많이 투자한 개조였는데……."

오히려 개조 때문에 시간을 잡아먹은 게 아니었을까?

룩스는 자연히 그렇게 생각할 수밖에 없었지만, 그래도 리샤는 심기가 불편해 보이는 와중에도 한 수 접어주었다.

"무장은 이전과 똑같이 하면 되겠지? 대형 블레이드가 주력 무장, 브레스 건, 대거, 와이어 테일이 예비 무장. 장갑은 PL—12형을 메인으로 전신에 증설, 장벽도 출력을 높이고, 두부의 포효 발생 장치도 고출력 가능형으로—."

"부탁드립니다."

룩스가 대답하자 리샤는 손에 익은 동작으로 거침없이 정비를 시작했다.

"하지만— 역시 이상해. 이 장갑기룡은……."

리샤는 어딘가 미심쩍다는 표정으로 그렇게 중얼거렸다.

"밸런스가 대놓고 이상하단 말이다. 내구력과 화력으로 찍어 누를 생각이라면 총중량을 올릴 수 있는 육전기룡형이면 충분한데, 기동성이 높은 비상기룡형의 방어를 이렇게까지 강화해야 할 이유가 있나? 오히려 무게 때문에 느려질 테고 파일럿에게도 불필요한 부담이 가중될 뿐인데— 너는 마조히스트 성향이라도 있는 거냐?"

"……."

"뭐, 좋다. 직접 사용하는 사람만이 아는 점도 있는 법이니까. 다른 누가 아닌 네 부탁이기도 하고."

룩스는 내심 가슴을 쓸어내렸다.

평범한 기룡 정비사라면 누구라도 룩스의 《와이번》에 위화감을 느낄 것이다.

그 이유를 말할 수는 없었고, 들켜서도 안 됐지만―.

"이봐, 룩스."

"윽……?!"

불시에 이름을 불린 룩스는 흠칫 등줄기를 떨었다.

"그런데― 드릴만이라도 남겨두면 안 되겠나?"

리샤는 지금까지 보여준 것 중에서 가장 사랑스러운 미소를 보이며 물어보았다.

"안 됩니다."

"전 왕자 주제에 쪼잔하구나!"

"그것과는 관계없는 이야기입니다."

그 대화를 끝으로 한동안 말없이 작업이 이어졌다.

정오를 조금 지났을 즈음에, 룩스의 기룡은 완전히 예전의 모습을 되찾았다.

하여간 기룡 수리가 끝나서 다행이다.

룩스는 그렇게 안도했지만―.

"좋아, 그럼 슬슬 가보지."

"네? 어디를요?"

"당연하지 않나. 내가 무엇을 위해 밤을 새우면서 이걸 수리했다고 생각하나? 네 새로운 일터에 가는 거다."

눈을 반짝이는 리샤를 보며, 룩스는 무언가 찜찜한 예감을 느꼈다.

†

휴일 오후에도 일부 학원 시설은 열려 있다.

종류가 적기는 하지만 부 활동이 있었고, 휴일에 활동하는 학생들도 있다.

그러나 리샤에게 끌려간 룩스가 도착한 곳은 연습장의 대기실이었다.

기룡을 장착하기 위한 전용 의복— 장의로 갈아입거나 간단한 회의 따위를 하기 위한 약간 넓은 방.

장의을 입은 십여 명의 학생들이 그곳에서 룩스를 기다리고 있었다.

당연하다면 당연하지만, 룩스를 제외하면 남자는 단 한 명도 없다.

구면인 학생은 크루루시퍼와 피르히.

그리고 샤리스, 티르파, 녹트의 트라이어드였다.

반이나 학년을 불문하고 모인 것인지, 반 이상은 처음 보는 얼굴이었다.

"정말로, 그를 『기사단』에 입단시킬 생각이신가요? 리샤 님."

이름도 모르는 키 큰 여학생이 룩스를 보자마자 대뜸 그런 말을 꺼냈다.

"당연하다. 실력은 지금부터 보여줄 거다. 그러기 위해서 룩스의 장갑기룡도 수리해 왔으니까."

"저기— 이게 무슨 이야기인가요?"

"리즈샤르테 공주는 너를 이 부대에 추천하고 싶은 모양이다. 사관후보생이면서 실기 연습이 아닐 때에도 장갑기룡을 사용할 수 있는 유격 부대, 『기사단』이라고 부르는 특수 부대에 말이지."

대화의 흐름을 따라가지 못한 룩스가 고개를 갸우뚱하자, 3학년인 샤리스가 시원스럽게 웃으며 대답해주었다.

자세한 내막을 들어보니 아무래도 이런 것 같았다.

현재 신왕국은 실전을 수행할 수 있는 기룡사 인재 부족에 시달리고 있었다.

게다가 이곳은 왕도의 방위 거점이라고 할 수 있는 성채 도시이다.

따라서 젊으면서 재능과 실력이 뛰어난 학생을, 규칙으로 인해 싸우지 못하게 하는 것은 인력 낭비나 다름없는 것이다.

그래서 사관후보생이면서도 특별히 전투 허가가 내려진 『기사단』— 유격 부대가 설립되어 주야장천 실력을 갈고닦는 중이라고 했다.

『기사단』에 소속되면, 몇 명씩 소대를 조직하여 군에서 임무를 받고, 그에 따른 보상을 받을 수 있다.

그러니 룩스의 『잡일』에 있어서도 유용한 장소가 될 터였으나—

"하지만 원한다고 해서 누구나 들어올 수 있는 건 아니거든. 이 『기사단』에는 말이야."

샤리스의 해설이 끝나자 처음 보는 작달막한 소녀가 그렇게 중얼거렸다.

"교내전 성적에서 종합적으로 높은 평가를 받을 것. 기룡사 클래스가 미들 클래스 이상일 것. 그리고 가장 중요한 것은, 현재 『기사단』 소속 멤버의 과반수가 그 실력을 인정하여 입단 찬성에 투표하는 것."

그 세 가지가 입단 조건인 듯했다.

"저기, 하지만 저는 편입한 지 이제 며칠밖에 안 지났고, 실기 연습도 그다지—"

"아쉽지만, 그건 그렇죠. 당신이 『무패의 최약』이라는 소문은 들어봤지만요."

그렇게 차분해 보이는 여학생이 쓴웃음을 짓자—

"괜찮다."

리샤가 자신만만한 모습으로 그 흐름을 끊었다.

"앞의 두 가지 조건 따위는 어디까지나 전제일 뿐이다. 이

자리에 있을 만한 학생이라면 이미 알고 있을 텐데? 나와 1대1로 대결하여 무승부를 따내고, 단신으로 환신수와 맞선 룩스의 실력을."

"뭐, 그건 그렇습니다만……."

키 큰 소녀는 리샤의 기세에 눌려 말끝을 흐렸다.

"하지만 지금은 3학년이―『기사단』멤버가 반밖에 없잖아. 뭐하러 굳이 이럴 때를 골라서……."

"전체의 과반수는 틀림없이 이곳에 있다. 설령 부재중인 인원 모두가 부정한다 해도, 여기 있는 모두가 찬성하면 전혀 문제 될 것 없어."

작달막한 소녀가 보충하는 것처럼 말했지만, 결국 리샤는 이야기를 정리해버렸다.

"3학년이 없다니, 그게 무슨 말입니까?"

룩스가 작은 목소리로 옆에 있는 샤리스에게 물었다.

"음. 3학년은 지금 약 2주 일정으로 왕도로 훈련을 나갔거든. 나는 사정이 좀 있어서, 이번에는 참가하지 않았다만."

"그러면 3학년 멤버들이 돌아온 다음에 해도 되지 않나요?"

"그건― 아닐 거야."

갑자기 쭉 침묵을 지키고 있던 크루루시퍼가 룩스의 의문에 반응했다.

"공주님은 이런 상황이기 때문에 너를 입단시킬 기회라고 생각하는 거야. 3학년 기사단장이 남자를 꽤 싫어하거든—."

"네……?"

"3학년, 세리스티아 라르그리즈. 공작가의 영애로 학원 최강이라고 불리는 실력자. 인망도 두터워서 많은 학생들이 그녀를 따르고 있지. 아마도 그 사람이 지금 학원에 있었으면, 남자를 편입시키겠다는 이야기도 취소됐을 가능성이 높아."

"……."

즉, 그 남성 혐오증 단장이 자리를 비운 틈을 노려서, 리샤가 급하게 계획을 진행하고 있다— 그런 이야기인가?

"크루루시퍼, 괜한 이야기 꺼내지 마라. 나는 그저 신왕국의 공주로서 마땅히 해야 할 일을 하고 있을 뿐이니까."

그 말을 우연히 들은 리샤가 볼을 부풀리며 반박했다.

"지난번의— 경보가 울리지 않은 갑작스러운 환신수의 습격. 일이 커지지는 않았지만, 원인은 여전히 오리무중인 상태에서 계속 조사를 이어가고 있다. 즉각 써먹을 수 있는 전력의 확보는 당연한 판단이란 말이다. 특히 3학년 대다수가 부재중인 지금은 그야말로 천재일우의 기회지."

말은 참 잘하는걸…….

룩스는 내심 감탄했다.

공주님답지 않다고 생각했는데, 의외로 정치적인 수완도

제법인 것 같다.

"허나, 아무리 나라고 해도 아무런 절차도 거치지 않고 입단시킬 수 있을 거라곤 생각하지 않아."

반론이 나오기 전에 리샤는 대기실 중앙에 서서 모두를 둘러보았다.

"그러니 지금부터 팀별 기룡 대항전을 거행하겠다. 그 결과를 토대로 룩스 입단의 찬반 여부를 정하도록 하지."

그렇게 말하며 척척 대전 상대를 지목하기 시작했다.

"……"

'내 의사는 완전히 무시하는 거야……?'

룩스는 약간 그렇게 항변하고 싶었지만—.

"룩스. 기사단에서 임무나 경비 일을 하면 보상금도 나오니, 빚 변제에 도움이 될 거다! 그러니 기쁜 마음으로 열심히 일하도록 해라!"

만면에 웃음 짓는 모습을 보니, 이제는 거절하려고 해봐야 소용없을 것 같았다.

"그건 그렇고 피르히도『기사단』멤버였어?"

무료해져서 대기실 주위를 둘러보고 있던 룩스는 구석에 소꿉친구 소녀가 있는 것이 보여서 그렇게 물어보았지만—.

"……"

러스크로 보이는 간식을 베어 먹는 피르히는 아무런 반응도 보이지 않았다.

"저기, 피르히……?"

"……피이, 라고 불러야지?"

들리지 않은 건가 싶어서 다시 한 번 이름을 불렀더니, 피르히는 약간 강한 톤으로 중얼거렸다.

"엑……?! 여, 여기서도 그렇게 불러달라고……?!"

"응."

피르히가 진지한 표정으로 고개를 끄덕였고, 룩스의 얼굴이 빨갛게 달아올랐다.

이러지만 않으면 정말 좋은 아이인데—.

하여간 그건 둘째 치고, 뜻밖의 상황이었다.

그녀와 마지막으로 만난 것은 7년 전. 쿠데타가 일어나기 전의 구제국 사회에서는 여성이 장갑기룡과 접할 기회는 거의 없었다.

그래서 룩스는 피르히가 장갑기룡을 사용하는 모습을 본 적이 없었다.

하지만 설마, 이 느긋한 분위기의 소녀가 『기사단』에 들어갈 정도의 실력자였다니—.

"피이……는, 강해?"

"보통이려나?"

어색하게 애칭으로 부르자 심플한 대답이 돌아왔다.

그러나 유심히 살펴보니 그녀의 허리에는 범용기룡의 기공각검이 아니라, 검집이 독특하게 생긴 단검을 차고 있었다.

"그녀는 강하다구. 신장기룡《티폰》의 사용자인걸. 내《파프니르》와 함께."

"네에……?!"

크루루시퍼의 보충 설명에 룩스는 무심코 입을 떡 벌렸다.

설마 피르히가 일류 기룡사 중에서도 거의 다룰 수 있는 사람이 없는 신장기룡을 사용할 정도의 실력자였다니.

게다가 크루루시퍼까지?

아무리 『기사단』이라는 간판을 내걸어 봐야 어차피 사관 후보생.

아무래도 그 인식은 크게 잘못된 모양이다.

3학년을 제외한 멤버라 해도, 신장기룡 파일럿이 세 명이나 있으면 충분히 위협적인 전력이다.

그렇다면, 주어지는 임무도 그에 걸맞은 것일 가능성이 높았다.

앞으로 자신의 의지와는 관계없이 위험한 임무에 투입될지도 모른다.

'……이를 어쩐다.'

『그러기 위한 또 하나의 목적, 잊지는 않았겠죠? 오빠.』

이른 아침. 식당에서 아이리가 한 말이 뇌리에 떠올랐다.

괜히 이목을 끌기 전에 입단을 포기하고 싶은 기분이 들었다.

보수가 고액인 것은 좋았지만, 이렇게까지 깊이 관여하면

『또 하나의 목적』에 지장이 생길 것 같았다.

"이봐, 룩스. 이야기가 정리됐다—."

그런 생각을 하는 사이에 리샤가 어깨를 툭툭 두드렸다.

"나랑 네가 조를 짜서 상대 팀과 싸우기로 했다. 어서 저쪽 가림막에 가서 장의로 갈아입고 와라."

"……."

이미, 늦은 것 같았다.

"뭐냐? 가림막 밖에서 갈아입어도 상관없다만."

"그런 고민이 아닙니다!"

리샤가 놀려대는 통에 룩스는 당황해서 얼굴을 붉혔다.

"엿보기는 해도, 자기가 직접 보여주고 싶어 하는 부류는 아니었나 보네."

구석에 있던 크루루시퍼까지 조용히 중얼거리자 룩스는 두통이 이는 것 같았다.

"갈아입고 올게요!"

룩스는 재빨리 건네받은 장의로 갈아입고 가림막 밖으로 나왔다.

"그래서— 저랑 리샤 님이 팀인 것은 알겠는데, 상대 팀은 얼마나 됩니까?"

"Yes. 이 자리에 있는, 룩스 씨와 처음 대면하는 멤버들인 것 같습니다."

"에에에엑?!"

다시 말해 크루루시퍼, 피르히와 트라이어드 세 명을 제외한 이 자리에 있는 전원이다.

"잠깐만요. 아무리 그래도 너무 무모한 것 아닐까요……?"

리샤는 강하다.

룩스가 지금까지 상대해온 기룡사들과 비교해도 격이 다른 실력자였다.

그러나 그것은 여기에 있는 『기사단』 멤버들도 마찬가지일 것이다.

"괜찮다. 내 계산으로는 이렇게 한다 해도 충분히 해낼 수 있을 거다. 부족할 것 같다면, 그렇군. 지금이라도 네 기룡을 공격 특화로 개조해서—"

"……이대로 힘내보겠습니다."

"그래? 나는 《키메라틱 와이번》으로 싸울 생각이다만— 뭐, 좋아. 어차피 다수와 소수의 싸움인 이상, 일단 시작하면 너도 싸울 수밖에 없겠지."

어쩐지 꿍꿍이가 있는 듯한 리샤의 발언에 룩스는 한숨을 쉬었다.

두 사람은 준비를 마치고 연습장으로 나섰다.

그리고 모의전이 시작됐다.

†

"대체 뭐냐고— 정말!"

순식간에 끝나버린 팀 대항전 직후.

연습장 대기실로 돌아온 리샤는 생떼를 부리는 어린애처럼 투덜거렸다.

이미 『기사단』 멤버 대부분은 옷을 다 갈아입고 퇴실해서, 대기실에는 룩스와 리샤, 그리고 지인 몇 사람만이 남아 있었다.

"이제 그만 기분 푸세요. 일단 이기기는 했잖습니까."

룩스가 곤란한 표정으로 그렇게 달래보았지만—.

"어째서 단 한 번도 공격하지 않은 거냐?! 차라리 나도 상대 팀에 들어갈 걸 그랬다! 기껏 생긴 기회가 무용지물이 되지 않았나! 이 바보 같은 놈!"

리샤는 눈물이 살짝 맺힌 눈으로 언성을 높였다.

룩스의 『기사단』 입단 자격을 건 팀 대항전.

2대 10이라는 압도적인 핸디캡을 뒤엎고 룩스와 리샤는 승리하고 말았다.

덧붙여서 상대의 기룡은 전부 리샤 혼자서 해치웠다.

룩스가 적의 공격을 회피하고 방어하는 사이에 싸움은 끝나고 말았다.

결과적으로 이기기는 했지만, 다수결 투표로 룩스의 입단이 기각되어 리샤는 심기가 아주 불편한 상황이었다.

찬성표를 얻지 못한 이유는 룩스가 전혀 공격하지 않았

기 때문일 것이다.

리샤에게는 미안하긴 했지만, 한편으로 룩스는 내심 안심했다.

"내 작전이 실패한 건가? 아니면…… 상대 팀 편성이 문제인가……. 허나 처음에 예상했을 때는……."

작은 목소리로 중얼거리며 리샤는 가림막 뒤쪽에서 옷을 갈아입기 시작했다.

'멋대로 돌아가는 건, 역시 좀 그렇겠지……?'

한발 먼저 장의에서 교복으로 갈아입은 룩스가 대기실 테이블 앞에 앉아 기다리고 있으려니―.

"수고했어, 루우."

마주 앉아 있던 피르히가 문득 말을 걸었다.

투표도 끝나고, 교복으로 갈아입은 소꿉친구 소녀는 대기실에 남아 과일 껍질을 벗겨서 먹고 있었다.

아니, 먹고 있는 줄 알았지만―.

"……응. 고마워―. 그런데, 뭐야 이건?"

"오렌지."

간결한 대답이 오렌지와 함께 돌아왔다.

하얀 속껍질이 벗겨진 싱싱한 과육을, 가느다란 손끝으로 집어 룩스의 눈앞에 내밀고 있었다.

"아니, 그건 보면 아는데……."

"오렌지 껍질. 하얀 거, 다 벗겼어."

담담한 말투로 그렇게 대답했다.

룩스는 아주 잠깐 그 의미에 대해서 생각해본 뒤에—.

"어……? 그거, 혹시— 그런 거야?!"

순식간에 얼굴이 확 달아올랐다.

어렸을 때 껍질 부분을 싫어해서 오렌지를 못 먹던 룩스에게 피르히가 껍질을 벗겨주었던 기억이 떠오른 것이다.

"고, 고마워. 피이. 하, 하지만 나도 이제 다 컸으니까, 그 정도는 혼자서……."

"……싫어?"

아무래도 지금 그러기는 쑥스러워서 그렇게 대답했더니, 피르히는 가만히 눈동자를 돌려서 룩스의 얼굴을 물끄러미 들여다보았다.

왠지 모르게 풀죽은 듯한, 섭섭해 하는 말투였다.

"그, 그런 건, 아니지만—."

"그럼, 먹어."

잠시 머뭇거린 틈을 타 피르히는 오렌지를 룩스의 입에 조심스럽게 가져갔다.

그것을 입으로 받아먹는 모습을 보고, 피르히는 희미하게 미소 지었다.

"맛있어?"

"으, 응……."

"다행이네."

'……그건 둘째 치고, 쑥스러워 죽을 지경이라 무슨 맛인지 전혀 모르겠어……!'

어쩐지 기뻐하는 듯한 피르히를 보며 룩스가 난처해하고 있으니ㅡ.

"사이가 좋아 보여서 좋기는 한데, 다른 사람의 시선도 좀 의식하는 게 어때?"

"윽……?! 아, 아니, 이건ㅡ."

방구석에 있던 크루루시퍼가 놀려대서 룩스는 허둥댔다.

혹시나 다른 사람이 더 보지는 않았나 싶어서 주위를 둘러보았을 때.

"……훗. 내가 모처럼 이렇게 고민하고 있는데, 눈앞에서 다른 여자와 시시덕대고 있었을 줄이야. 참으로 부럽구나, 룩스."

옷을 갈아입고 나온 리샤가 어처구니없다는 투로 중얼거렸다.

"하지만…… 그래. 그 방법이 있었나……."

그리고 성큼성큼 빠른 걸음으로, 앉아 있는 룩스 앞까지 다가왔다.

'이런, 혼나겠다ㅡ.'

그렇게 생각해서 룩스가 눈을 감자ㅡ.

탁, 리샤가 눈앞 테이블에 무언가를 내던졌다.

"어라……?"

테이블 위에 놓인 것은 한 장의 종이— 용역 의뢰서였다.

"그, 그리고 보니 이 뒤로는 딱히 받아둔 용역 의뢰가 없지 않은가?"

입을 삐죽 내밀고 있는 리샤의 얼굴이 지척에 있었다.

영락없이 화났을 거라고 생각했는데, 기분 탓인지 그녀는 빨갛게 달아오른 얼굴로 룩스를 똑바로 바라보지 못하고 있었다.

"어, 그게…… 네."

……왜 저러는 걸까?

궁금하게 생각한 룩스가 되묻자, 리샤는 스읍 숨을 들이쉬면서 가슴을 쭉 폈다.

"그, 그럼 추가 의뢰를 하지. 그게— 지금부터 나랑, 어울려다오."

†

십자 형태의 성채 도시, 크로스 피드.

그 중앙에 있는 이 1번 지구는 이른 아침부터 밤늦게까지 인파가 끊이는 일이 없다.

초봄이라 그런지 아직 햇살이 강한 저녁.

돌아다니는 사람들이 많은, 포석이 깔리고 잘 정비된 대로를 따라 룩스와 리샤는 걷고 있었다.

'어울려 달라길래 뭔가 했더니 쇼핑 이야기였구나……. 깜짝 놀랐네.'

『그, 그게…… 팀워크를 맞추려면 서로를 잘 알아두는 것이 중요하다고 생각했거든. 나는 동년배의 남자에 대해서는, 아직 잘 모르니까…….』

리샤가 룩스를 밖으로 불러낸 것에는 그런 의도가 있는 것 같았다.

'하지만 역시 긴장되는걸. 동갑내기 공주님과 단둘뿐이라니—.'

그렇게 생각하며 옆을 봤더니, 리샤도 어쩐지 안절부절못한 모습으로 거리를 보고 있었다.

『어머나, 공주님과 함께 외출이라니, 룩스 군도 제법이군요.』

학원 밖으로 나갈 준비를 하기 위해 일단 리샤와 헤어졌을 때 근처를 지나가던 렐리 학원장이 한 말이 떠올랐다.

『리즈샤르테 님처럼 싸움과 연구에만 몰두해온 소녀는 연애 쪽으로는 면역이 없기 마련이거든요. 좋아하는 남자애가 거칠게 밀어붙이면 넝쿨째 굴러들어올지도 모른답니다?』

『아니, 아무리 그래도 그런 일이 일어날까요…….』

그때만 해도 룩스는 오묘한 표정으로 부정했지만—.

"그러고 보니 리샤 님은 거리에 자주 나오시나요?"

"아, 아니…… 전혀."

룩스의 질문에 리샤는 고개를 좌우로 흔들었다.

"요즘은 공방에 틀어박혀 있었거든. 장갑기룡을 개조하느라 바쁘기도 했고……."

신기한 듯이 연신 주위를 두리번거리던 리샤는 슬쩍 룩스에게 눈길을 주며—.

"너, 너는, 그…… 자주 나오는 편이냐? 다른, 여자애들이랑……."

초조한 말투로 그렇게 물어보았다.

"아, 아뇨……. 저도 빚을 갚느라 그럴 여유가 없어요."

"그, 그렇군……."

룩스가 부정하자 리샤의 얼굴에 안심한 듯한 미소가 걸렸다.

"좋아, 그럼 피차 처음인 셈 치고, 내가 에스코트해주마! 그러고 보니 이 지구에도 괜찮은 레스토랑이 있었는데…… 아니, 잠깐."

갑자기 멈춰 선 리샤가 자기 교복을 뒤적이더니 인상을 팍 찌푸렸다.

"왜 그러십니까?"

"으, 음……. 뭐, 괜찮겠지. 명색이 왕녀이니, 외상 정도는 해줄 거다……."

"설마…… 지갑을 놓고 오셨어요?"

"우우……. 그게, 오늘은 어쩌다 보니……."

창피한 듯 고개를 숙이는 리샤를 보며 룩스는 쓴웃음을 지었다.

당황하는 그녀를 보며 약간 여유가 생긴 것이다.

정말로 익숙지 않은 외출이리라.

그렇다면— 보잘것없는 자신의 경험으로 가능한 범위 내에서라도 이 소녀를 즐겁게 해주고 싶다.

룩스는 그렇게 생각했다.

"신왕국의 공주님이 아무렇지도 않게 외상 같은 말을 하면 안 됩니다."

"그, 그럼, 뭐냐……? 오늘은 여기서 그만두자는 거냐……?"

어쩐지 서운한 듯한 표정을 짓는 리샤를 보며 룩스는 부드럽게 미소 지었다.

"저라도 괜찮다면, 소신껏 대접해드리겠습니다."

몇 분 뒤. 룩스와 리샤는 중앙 광장의 연석에 나란히 걸터앉아 석양을 바라보고 있었다.

리샤에게 건네준 애플파이는 성채 도시의 노점 중에서 가장 맛있다는 평판이 자자한 가게에서 만든 것으로, 그곳은 예전에 룩스가 의뢰를 받아 일한 가게이기도 했다.

"어떤가요? 리샤 님."

"음. 달고 맛있구나. 고맙다……."

리샤는 종이로 포장한 애플파이를 먹으며 열띤 시선으로

룩스의 얼굴을 힐끔힐끔 바라보았다.

룩스도 가진 것은 별로 없었지만, 리샤를 데려온 룩스를 보고 노점 점원이 공짜로 준 것이었다.

결국, 리샤와 함께 고맙다는 인사를 하고 감사히 받아 들었지만—.

"그나저나 노점에도 얼굴이 통할 정도라니, 너는 이 도시 사람들에게 인정받은 모양이로구나."

"허드렛일을 하면서 얼굴이 알려졌을 뿐입니다."

감탄 섞인 말투에 룩스는 쓴웃음을 지으며 대답했다.

"하, 하지만 뭔가 이상하군…… 내가 룩스의 환심을 살 생각이었는데, 이래서야…… 내 쪽이—."

작은 소리로 중얼대는 리샤를 보며 룩스는 고개를 갸웃했다.

"무슨 일 있으세요?"

"아, 아니, 뭐랄까— 이 근처가, 조금 전부터 자꾸 두근거려서 말이다……!"

빨개진 뺨으로 봉긋 솟아오른 가슴에 손을 얹는 리샤를 보며—.

'오랜만에 거리에 나와서 긴장이라도 한 걸까?'

룩스는 그렇게 생각했다.

"괜찮으세요? 몸이라도 안 좋으시면 어디서 좀 쉬었다가……"

"괘, 괜찮다……. 잠깐 앉아 있으면 금방 괜찮아질 것 같으니까."

"의료 지식은 거의 모르지만, 괜찮은 무상 진료소가 어디 있는지는 알고 있거든요. 그러니 안 되겠다 싶으면 바로 말씀해주세요."

"아, 응……."

멍하니 건성으로 대답한 뒤, 리샤는 잠시 룩스에게 몸을 기댔다.

"그, 그러고 보니— 남자들은, 네 소꿉친구 같은 스타일을 좋아하는가?"

"……네?"

리샤의 입에서 튀어나온 뜬금없는 한마디에, 룩스는 고개를 갸웃했다.

"나는 잘 모르는 영역이니까……. 타인에게 응석을 부리거나, 함께 있고 싶다는 생각조차 그다지 해본 적이 없거든. 그래도—"

리샤는 눈을 홉뜨고 중얼거리면서, 애플파이를 머뭇머뭇 룩스에게 내밀었다.

"저기—."

"잠깐, 여기에, 독이 들었나 확인해줄 수 있겠나?"

"이미 드시던 건데요……?"

"아, 아무렴 어떠냐?! 사소한 건 신경 쓰지 마!"

아뇨, 꽤 중요한 문제라고 생각합니다만…….

딴죽 걸고 싶은 마음을 꾹 집어삼키며, 룩스는 그녀가 내민 파이를 한입 베어 물었다.

"아……."

바삭바삭한 빵과 사과의 달콤한 향기가 입속에 그득히 퍼졌다.

"아, 독은 없네요. 이제 안심하셨죠?"

룩스가 미소 짓자, 리샤는 몽롱한 시선으로 룩스를 바라보며, 다시 파이를 입에—.

"우, 아으……. 후우……."

석양 속에서도 확실히 보일 정도로 얼굴이 불덩이처럼 달아오른 리샤는, 그 자리에서 온몸의 힘을 빼며 스르르 무너졌다.

"헉?! 왜 그러십니까? 리샤 님!"

룩스가 황급히 쓰러지려는 리샤를 붙잡자—.

"후앗……?!"

말캉— 부드러운 감촉이 룩스의 손바닥에 전달됐다.

작은 몸집에 비해 당당하게 존재감을 뽐내는 가슴을 붙잡힌 리샤는 룩스의 팔 안에서 가냘픈 신체를 흠칫 떨었다.

'이런! 혼나겠어……!'

돌발적으로 일어난 상황 탓이기는 하지만, 그래도 터무니없는 짓을 범하고 말았다.

'하지만…… 정말 부드러웠어. 리샤 님의— 아니, 이게 아니지! 내가 대체 무슨 생각을?!'

"아, 저기— 죄, 죄송합니다!"

혼란스러워하며 손의 위치를 조절하고 사과하는 룩스.

"뭐, 뭐어— 용서해주마……. 하지만 그런 것보다—."

그러자 리샤는 그렇게 운을 떼고는, 자기 교복의 옷깃을 꼭 붙잡고—.

"이, 이유는 모르겠지만, 조금 전부터 가슴이 뜨겁고, 현기증이 나는구나……."

뜨거운 숨결을 토해내며 멍한 얼굴로 중얼거렸다.

"괘, 괜찮으십니까?! 그럼 가까운 진료소에—."

"아, 아니야……. 잠깐 쉬면 멀쩡해질 거다, 아마도……."

룩스는 불안한 마음에 한동안 리샤를 지탱해주었다. 그리고 몇 분이 지나자 리샤는 가까스로 안정을 되찾아 평소 상태로 돌아왔다.

통금 시간이 다가와서 학원으로 돌아가기로 한 두 사람은 천천히 걷기 시작했다.

리샤의 갑작스러운 요청에 룩스는 정신없는 하루를 보내야 했지만—.

"오, 오늘은, 그러니까…… 꽤 즐거웠다. 고맙다, 룩스……."

리샤가 꺼낸 그 한마디에, 보답 받은 기분이 들었다.

"그러고 보니, 죄송합니다. 입단하지 못해서."

"신경 쓰지 마라. 입대 추천은 5일 뒤에 달이 바뀌면 또 할 수 있으니까. 내일 방과 후부터 바로 팀워크 훈련을 시작 하자고."

몇 분 뒤. 인적이 없는 귀갓길을 따라 걸으며 룩스가 사과 하자, 리샤는 만면에 웃음을 지으며 그렇게 대답해주었다.

"아직도 저를 『기사단』에 넣을 생각이십니까?!"

"작전은…… 그렇지. 일단 네가 적진 한복판으로 파고들 면, 네게 시선을 빼앗긴 상대를 내가 닥치는 대로 날려버리 는 거다. 너도 뭐, 방어하는 사이에 한 기 정도는 해치울 수 있겠지?"

"너무 심하지 않습니까……? 여러 의미에서."

무심코 등에 식은땀이 날 것만 같은 팀워크였다.

리샤의 말투로 짐작하건대, 아마도…… 진심일 것이다.

"……그보다, 리샤 님의 《키메라틱 와이번》 말입니다만……. 그거 정말 굉장하더군요."

"응? 갖고 싶어졌는가? 만드는 데 상당히 고생하긴 했다 만, 네가 바란다면 특별히 하나 더 못 만들어줄 것도 없지."

"그런 걸 몇 기씩이나 만들 수 있는 겁니까?"

"뭐, 만들어봐야 지금 시점에서는 써먹을 수가 없지

만……. 범용기룡의 1.5배가량의 성능을 보이기는 하지만, 체력적인 부담은 둘째 치고 조작 난이도가 신장기룡 급이라 수지가 맞질 않아. 기공각검 이도류도 나 이외에는 사용 못 했고. 한번 시험해보겠나?"

"아뇨, 사양하겠습니다……."

솔직히 룩스도 무리라고 생각했다.

서로 다른 두 기룡의 성능을 합친다는 발상은 그야말로 대단했지만, 아마도 천재 기술자에 일류 기룡사이기도 한 리샤 말고는 제대로 다룰 수 없을 것이리라.

"좀 더 사용하기 쉽게 개량해보면 어떨까요? 말 그대로 『기사단』이 아닌 학생이라도 다룰 수 있을 정도로. 왕녀로서—"

그렇게, 자연스럽게 말이 나왔다.

적당히 비위에 맞추기 위한 한마디가 아니라, 순수하게 그렇게 생각했다.

어쩌면 내심 막연하게 생각하던 것이 말이 되어 나온 것일지도 모른다.

오랜 세월 지속된 제국의 지배.

거기에서 해방된 지금인 만큼, 좋은 왕녀가 되어주길 바란다.

백성들의, 타인의 마음을 헤아리는 공주가 되어주길 바란다.

그런 룩스의 소망이 무심결에 튀어나온 것일지도 모른다.

"왕녀로서?"

"아, 네……. 신왕국의 공주로서, 그쪽이 훨씬 백성을 위한 일이 아닐지ㅡ"

그러나.

"필요 없다."

되돌아온 목소리에 깃든 한기에, 룩스는 오싹함을 느꼈다.

분노도, 슬픔도, 무기력함조차도 아니었다. 모든 색을 잃은 공허한 목소리.

단 몇 초 만에 주위의 공기가 얼어붙었다.

"훗. 자주 듣는 이야기로군. 기룡 개발 기술이든 교내전의 성적이든, 왕녀로서 자랑스럽다든지, 놀라운 성과라든지, 그런 명분으로 왕도에 불려 나갈 때마다 아주 그냥 넌덜머리가 난다."

"무슨…… 말씀이시죠?"

"그 전에 내 질문에 대답해다오. 왕녀란 무어냐?"

단 한마디의 간결한 질문.

그러나 룩스는, 그 질문에 대한 답을 돌려줄 수 없었다.

"쿠데타를 일으킨 나의 아버지 아티스마타 백작은, 당시에 입은 상처가 화근이 되어 신왕국의 옥좌에 앉아보지도 못하고 돌아가셨다. 그러나 그 명성만은 남아서 나의 고모인 라피 여왕이 나라를 잇게 되었지. 그리고 나는, 세상을 떠난 영걸의 유복자라는 이유로 신왕국의 왕녀라는 자리에 오르게 됐다. 나는 그저, 그런 인간일 뿐이야."

"그런 건……."

"허나 국민은 고마워하며 나라는 우상을 우러러본다. 재미있지 않나? 웃기는 이야기이지. 구제국이 가혹한 폭정을 펼쳐왔으니, 그 대신 내게 왕녀답게 훌륭한 인격자로 있을 것을 강요한다. 그러지 못하면 사정없이 몰아세우면서 네게는 그 책임이 있다고, 달아나지 말라고, 사명을 다하라고, 영문 모를 말을 해댄단 말이다."

"……."

"잠시, 들르고 싶은 곳이 있구나."

리샤는 그렇게 중얼거리며 대로에서 벗어나 전망이 좋은 공터 쪽으로 향했다.

그리고 주위에 사람이 없는 것을 확인하고는 작은 목소리로 입을 열었다.

"가르쳐줄 수 없겠는가? 룩스 아카디아. 내게 올바른 왕녀로 살아가는 방법을, 멸망한 제국의 왕자인 네가 가르쳐다오."

"……. 저는, 저로서는—."

대답할 수 없었다.

불평등하고, 부당한 차별이 없는 사회와 법을.

아니, 그런 것이 아니라도 상관없다.

그저, 부조리한 고통이 없는 세상을—.

5년 전 룩스가 품고 있었던 그 소원은, 그날 모조리 부서졌다.

"내 배에 찍힌 구제국의 낙인을 기억하고 있나?"

리샤가 메마른 미소로 말했다.

"……."

"국민 대다수가 아버지를 기리고 칭송하며 찬양하지. 제국을 멸망시킨, 역사에 남을 영걸이라고. 아버지는 쿠데타를 일으키기 몇 년 전부터 제국과 대립하며, 그 정책에 이의를 제기하셨다. 제국 측 인간들에게 원한을 사서 그 딸이 유괴당하는 일 정도는 특이해 보이지도 않을 정도로……."

"……설마."

룩스가 그 상상에 다다른 순간, 리샤는 조용히 웃었다.

"그래, 나는 구제국의 손에 잡혀갔다. 5년 전의 그때에 말이다. 그리고 비밀리에 쿠데타를 계획 중이셨던 아버지에 대한 거래 도구 취급을 받았다만, 끝내— 나는 버림받았지. 이 각인은, 구제국의 소유물이었다는, 증거다."

"—윽?!"

룩스의 표정에 긴장감이 달리자, 리샤는 침착한 목소리로 이야기를 계속했다.

"실제로 아버지는 영걸이셨을 거다. 그 제국을 쓰러뜨리기 위해 아버지께서는 모든 힘을 쏟아 쿠데타를 계획하셨을 터이다. 딸의, 고작 내 목숨 하나 때문에 모든 것을 망쳐버릴 수는 없으셨겠지. 내가 연금당하고 있던 기간은 끽해야 두 달 정도였지만, 버림받은 나는 백작가의 영애도 무엇도 아니게 되었다. 어머니께서는 병사하셨지만, 여동생이 한 명 있었으니 쿠데타가 성공한 역사적인 날에는 그 아이가 신왕가의 왕녀가 됐을 거다. 나 대신에 말이다."

"……."

"하지만 그 여동생도, 쿠데타를 일으켰을 때 살해당한 모양이더군. 그래서 자식이 없었던 현 신왕국 여왕인 고모는, 구출된 나를 입양하여 왕녀의 자리에 앉혔다. 돌아가신 아버지, 영걸 아티스마타 백작의 유복자로서, 신왕국의 상징으로서, 함께 나라를 이끌어나가기 위하여. 내가 아버지에게 버림받아, 구제국의 낙인이 찍혔다는 사실은 함구하고서."

"……."

그때— 룩스와 리샤가 처음 만났을 때.

욕조에서 수건을 두르고 다른 여학생들에게도 맨살을 숨기던 것에는 이런 속사정이 있었단 말인가.

그 보여서는 안 될 비밀을, 다른 누구도 아닌 구제국의 왕자인 룩스에게 보이고 말았기 때문에 리샤는 룩스에게 그렇게까지─.

"룩스. 너는 제국의 왕자가 아니게 됐을 때, 괴로웠는가?"

리샤는 자조적인 웃음으로 질문을 던졌다.

"아니요……. 저는─."

5년 전의 쿠데타.

그것보다 며칠 전의 광경이 기억 속에서 되살아난다.

제국에 의해 위험에 처했던 여동생과 소꿉친구 소녀.

룩스는 한 사람의 황족으로서,『긍지 있는 자』로서, 이 나라를 어떻게든 해보고 싶었다.

하지만─.

"저는, 왕자다운 일이라곤, 아무것도 해보지 못했기에……."

룩스가 조용히 고개를 젓자, 리샤는 쓸쓸하게 웃었다.

"나는 말이다, 아버지를 좋아하지 않았어. 지금 생각해보면 쿠데타의 위협에서 나를 멀리 떼어놓기 위해 일부러 무관심을 가장하셨던 것일지도 몰라. 나를 버린 아버지의 판단은, 몹시도 용감해서 칭송받아 마땅한 행동이었는지도 모르지. 내가 폭정에 허덕이던 시민 중 한 사람이었다면, 모두와 마찬가지로 아버지를 경애하고 기리며 칭송했을지도 모른다. 하지만……."

그렇게 한 번 말을 끊고, 리샤는 고개를 숙이며─.

"나는……."

먹먹한 목소리로 눈물지었다.

"나는, 구해주기를 바랐어."

"……."

"나라가 아니라, 나를 선택해주길 바랐다……. 글러 먹은 녀석이지? 제국에 붙잡힌 나는, 무서워서 자해조차 할 수 없었어. 그러니 나는 신왕국의 공주님이 아니고, 그럴 자격 따위도, 없어."

그 때문에 공주답게 행동하기를 싫어한 것인가.

자격이 없다고, 다른 누구도 아닌 자기 자신이 그렇게 생각하고 말았으니까.

"어째서 내가 자꾸만 너를 끌어들이려 하는지, 이유를 알려주마."

이야기가 갑작스럽게 원위치로 돌아가서 룩스는 입을 닫았다.

"지금 시대는 기룡사가 모든 것이기 때문이다. 유적 조사, 타국과의 자원 경쟁, 치안과 주권. 장갑기룡은 이 모든 것에 연관돼 있어. 내가 강해지는 것이, 어떤 의미에서는 국가를 위한 것이나 마찬가지지."

"……."

"룩스. 나는 말이다, 내가 어떤 사람인지 알고 싶구나."

리샤는 그렇게 말하며, 어두워진 귀로를 따라 걸었다.

"아버지는, 이 나라의 백성을 구한 영걸이셨다. 그러나 지금의 나는 누구도 아니야. 그래서 최강의 기룡사가 되어 그것을 알고 싶은 거다. 그러기 위해서는 네 힘이 필요하지. 하여 나는 네가 『기사단』에서 나의 오른팔이 되어 활약해줬으면 한다. 이견은 없겠지? 날품팔이 왕자."

"이견이라니…… 이미 다 정하셨잖습니까."

"능력 있는 여자는 결단도 빠른 법이지."

리샤는 득의양양하게 웃었다.

"우선은 학원 내의 소대 대항전. 거기에서 승리한 뒤에― 다음 전투에 도전할 거다. 각국 대표와의, 교외 대항전이지."

"교외, 대항전이요?"

생소한 단어에 룩스가 고개를 갸우뚱하자 리샤가 말을 이었다.

"온갖 곳에서 잡일을 해온 것치고는 세계정세를 잘 모르는군? 어제 수업에서도 배우지 않았나. 각국에서 실시 중인 유적 조사, 그 권리를 쟁탈하기 위한 싸움을―."

현재, 이 신왕국에는 언제 폭발할지 모르는 세 가지 위기가 존재한다.

첫 번째 위기는 쿠데타가 끝난 뒤에 음지로 숨어든 구제국의 반란군.

두 번째 위기는 유적에서 때때로 출몰하는 환신수의 존재.

세 번째 위기는 유적을 조사하며 발생하는 타국과의 알력.

"신왕국이 탄생했다고는 하나 구제국의 잔당은 여전히 남아 있다. 제국을 지지하던 이웃 국가 등으로 달아나 협력 조직을 얻어서, 지금도— 무력으로 정권을 탈환할 기회를 노리고 있지."

"……."

실제로 구제국의 반란군은 현재 신왕국 정규군보다 수가 많다는 소문도 돌았다.

그저 지난 몇 년간 그 모습을 보이지 않고 있을 뿐.

"그 다음은— 환신수의 문제다."

유적에서, 때로는 그 주변에서 출몰하는 수수께끼의 맹수.

유적에서 장갑기룡을 필두로 각종 비보가 발굴되는 것을 알면서도 각국의 조사가 좀처럼 진척되지 않는 이유는, 주로 환신수 탓이었다.

욕심에 눈이 멀어 유적 조사를 강행한 결과, 거기서 출현한 환신수에게 단 하룻밤 사이에 인근 마을과 도시, 작은 국가 자체가 파괴된 사례도 있다.

아는 것은 환신수의 체내에 있는 핵을 어떻게든 파괴만 하면 죽일 수 있다는 것뿐이다.

그러나 그 행위에는 많은 위험이 따르는 데다가, 장갑기룡 이외의 전력으로는 상대할 재간이 없었다.

따라서 유적을 노리는 도적 따위에게서 고대 병기나 자원을 보호하고 나아가서는 환신수를 섣불리 불러내지 않도록, 국내에서 발견된 유적은 출입 금지 구역으로 지정, 엄중하게 관리되었다.

"그리고— 세 번째는 타국과의 영역 다툼이다."

유적은 세계 각지에 흩어져 있으며, 기본적으로는 그 토지를 관리하는 나라가 조사를 진행하고 있다.

임의로 타국의 유적에 손대지 못하도록 하기 위한 협정도 있었다.

하지만 약소국이 경솔하게 심층부까지 조사를 진행하면, 거기서 출현한 환신수에 의해 인접 국가까지 피해를 볼 수밖에 없다.

국경 지역, 먼 곳의 해역 등, 어느 나라의 영토인지 판단하기 애매한 곳에 자리잡은 유적도 있었다.

그래서 하나의 협정을 맺고, 각국에서의 『유적 조사권』이라고 부를 수 있는 것을 쟁취하기 위한 기룡사 간의 모의전을 몇 개월마다 한 번씩 개최하게 되었다.

그중에는 사관후보생끼리의 대회도 있다고 한다.

"그럼, 그때까지……."

"그래, 나는 2개월 뒤에 대항전이 시작되기 전까지 최강의 부대를 갖출 거다. 그 계획을 위해 일부러 너를 학원에 넣고, 『기사단』에 입단시키려고 한 건데……."

리샤는 뾰로통한 표정을 지었다.

"아니, 그게……. 무슨 마음이신지 잘 알겠고, 기대해주시는 것은 기쁘지만, 저는 그러니까 방어밖에 할 줄 모르고—"

"그럼 공격 연습을 하란 말이다!"

삿대질까지 당하며 혼나고 말았다.

"기본적으로 내 공격을 그만큼 피할 정도의 실력이 아니더냐. 공격 경험만 쌓으면, 너는 내 예상대로 『기사단』에서도 유수의 실력자로 인정받을 수 있을 거다. 그, 그리고, 나의 처, 첫 파트너로서, 장차—"

"네……?"

갑자기 얼굴을 붉히며 더듬거리는 리샤를 보며 룩스는 고개를 갸웃거렸다.

"아, 아무튼, 네 문제는 그거다. 그러니 내 호위로서, 특별히 『기사단』과 같은 권한을 줄 수 있겠냐고 학원장과 교섭해보마."

"네엑?!"

"공격은 못 해도 절대로 쓰러지지 않는 기룡사라는 것도 존재 가치는 충분해. 요컨대 내 방패로 활약해주면 되는 거다."

"그, 그건 좀, 너무하지 않나요……."

여러 의미에서.

"—그건 그렇고, 네가 가진 또 하나의 기공각검 말인데, 나한테 좀 보여줄 수 없겠나? 좋은 소재라면 개조해보고 싶군."

"네에에에엑?!"

갑자기 눈을 번뜩이는 리샤를 보고 룩스는 당황했다.

"음……? 뭔가 놀랄 만한 대목이 있었는가?"

"저기, 이건 일단…… 그러니까, 제 손으로 엄중하게 관리하라고 여왕 폐하께서 당부하셨기 때문에……."

"뭐냐. 쪼잔하구나. 보여준다고 닳는 것도 아닌데."

리샤는 불만스러운 얼굴로 입을 삐죽 내밀었다.

"그렇다면 나중에 여왕 폐하께 허가를 받도록 하마. 그때까지는 네가 확실히 책임지고 그 검을 지켜다오."

"네……."

룩스는 불분명하게 대답하며 고개를 끄덕였다.

"왜 그러지? 안색이 나쁘군. 피곤하다면 어디서 좀 쉬었다가—."

"아뇨……."

"그럼 됐다. 자, 앞으로도 잘 부탁한다, 룩스."

학원 정문에 도착하자 리샤는 룩스의 어깨를 가볍게 두드린 뒤 그대로 떠나갔다.

"……."

잠시 후 룩스도 그 길로 학원 응접실로 향했다.

원래는 임시로 피르히의 방을 잠자리로 사용했지만, 오늘만큼은 무단으로 응접실에서 묵고 싶었다.

논리적인 문제가 아닌 룩스의 개인적의 사유로, 다른 사람과 마주치고 싶지 않았다.

"나는―. 안 되겠구나……."

소파에 드러눕자 떠오른 것은, 가벼운 자기혐오.

분위기에 휩쓸린 탓이라고 해도, 리샤에게 그 말을 꺼낸 것을 후회하고 있었다.

"내게 『왕녀님답게 행동하는 것이 좋다.』라는 말을 할 자격은, 없겠지……."

자신이 하지 못한 것을 타인에게 요구하다니.

'내가 당시에 국민을 위해서 한 일이 뭐가 있다고.'

룩스가 5년 전에 지니고 있던 것은, 왕자라는 직함과 몇 개의 특권.

수백 년간 존속해온 위대한 제국의 왕자로서, 어린 자신도 무언가 할 수 있을지도 모른다고 생각했다.

그리고 운명의 날.

스스로 행동한 결과― 룩스가 왕자로서 그려왔던 이상은 산산이 부서졌다.

그러니, 이런 것이다.

룩스는 날품팔이 왕자가 되어 처음으로 구원받은 것이다.

지금껏 변변히 접촉해본 적 없는 마을 사람들.

온갖 장소와 온갖 일들.

5년간 허드렛일을 해오며 조금은 친근한 존재가 된 듯한 기분이 들었다.

　이해했다고 착각해서 『백성을 위한 일』 따위의 말을 입에 담고 말았다.

　'이기적인, 생각이지…….'

　어째서, 왕녀답게 행동할 수 없었던 리샤의 마음을 알아주지 못한 것일까.

　왕자라는 자리를 잃은 것을 기회 삼아 이번에는 시민인 양 행동해서 왕녀를 치켜세웠다.

　그런 자신을 용서할 수 없었다.

　그런데도 리샤는 기대하고 있다고 말해주었다.

　피르히는 자신을, 예전과 변함없다고 말해주었다.

　다른 학생들도, 자신을 받아들여 주었다.

　모두의 힘이 되어주고 싶지만— 지금의 나는, 그 검을 쓸 수 없다.

　하지만.

　'나는…… 그때.'

　나른한 피로가 룩스를 습격했다.

　그리고 룩스는 조용히 눈을 감았다.

　　　　　　　　　　†

　후두둑, 하늘에서 불똥이 떨어졌다.

아카디아 제국의 왕성.

전쟁이 끝난 성내.

병사들의 시체가 산더미처럼 쌓이고 쌓여, 흘러나온 피가 탁류처럼 바닥을 따라 흐르는 공간을 룩스는 다리를 끌며 걷고 있었다.

도착한 곳은 장엄한 느낌마저 들 정도로 파괴된 알현실이었다.

황제는 옥좌 앞 바닥에 쓰러져 있었다.

가슴 깊숙이 검을 똑바로 꽂고서, 눈을 부릅뜬 채 숨이 끊어져 있었다.

"이거이거, 살아 있었나. 역시 대단하구나, 아우야."

그 옆에서 타인의 피로 칠갑한 청년이, 웃고 있었다.

마치 어린아이 같은, 천진난만하고 순수한 얼굴로.

"왜…… 어째서……?"

몽롱한 의식 속에서, 지금 당장에라도 무너질 것만 같은 다리에 힘을 주며, 룩스는 질문했다.

그 직후 세찬 기침이 터져 나왔고, 마지막에는 핏덩어리를 토해냈다.

"크크크크. 대단하구나, 아우야. 피를 토할 지경이 될 때까지 그 장갑기룡을 사용할 줄이야—. 이 근성 없는 황제의 일족들이 저세상에서 본받았으면 할 정도다."

그렇게 말하고 남자는 움직이지 않는 황제의 얼굴을 걷어

찼다.

"어째서, 죽인, 거지……?"

"뭐?"

쇳소리가 섞인 룩스의 목소리에 사내는 고개를 기울였다.

"군의, 기룡사들도…… 황제 폐하도, 전부……. 이런 건, 예정과—."

"크, 하하하하! 하하하하하! 하하하하하하하하하하하하하 하하하하하하하하하하하하하하!"

남자는 폭소를 터뜨렸다.

그리고 두 눈을 부릅뜨고 룩스를 노려보았다.

"네 덕분에 살았다. 설마, 여기까지 해줄 거라곤 생각도 못했거든. 덕분에 일은 예정보다 훨씬 쉽게 진행됐어. 네가 군대를 충분히 와해시키지 못하고 당했으면, 나는 《피리》를 사용해서 환신수를 불러들일 수밖에 없었을 거다."

품속에서 처음 보는 황금 피리를 꺼내며 남자가 웃었다.

"환신수를 있는 대로 불러내면 이 나라를 멸망시키는 정 도는 식은 죽 먹기이지만, 뒤처리가 귀찮아서 말이지. 덕분 에 수고를 덜었다고, 빌어먹을 왕자님."

"커헉……!"

룩스는 다시 피를 토하며 바닥에 쓰러졌다.

더는 서 있을 힘이 없었다…….

전신의 핏기가 사라지는 것처럼 힘이 빠져나갔다.

뚜렷한 죽음의 감각이 룩스의 전신을 감쌌다.

"하지만 너는 역시 존경할 만한 가치가 있었어. 그 나이에 누구보다도 기룡을 잘 다루었고, 권모술수를 통해 이 썩어 빠진 제국의 역사에 종지부를 찍기 위해 싸웠다. 이 나를 통해 아티스마타 백작의 힘을 빌려, 보기 좋게 이 나라를 멸망으로 밀어 넣었다. 멋지구나, 아우야! 끝을 모르는 네 각오와 긍지를, 그 실력을 이 내가 칭송하마!"

마치 웅변하는 것처럼 후길은 소리 높여 외치며 룩스를 내려다보았다.

"하지만— 너는 운이 없었어. 믿고 있던 나에게 배신당하고 말았지. 마지막으로 가르쳐주마, 아우야. 나는 처음부터, 이 제국의 황자 따위가 아니었다."

악마의 한마디가 남자의 입에서 튀어나왔다.

"내 목적은, 네가 바라던 평화 따위가 아니다. 제국을 부수느라 고생 많았다. 왕자님."

경박한 목소리로 비웃으며 눈을 부릅뜬 남자의 얼굴이 룩스의 눈동자에 비쳤다.

"어, 째서……?"

"그렇군— 가르쳐줄까, 아우야. 네가 이상을 이룰 수 없었던 이유를."

갑자기 침착함을 되찾은, 이성이 돌아온 듯한 형의 목소리가 룩스의 귓가에 닿았다.

"너는 말이다, 이 세상을 전혀 몰라. 왕의 그릇 따위가 아니란 말이다. **최약**이여."

그 대화를 끝으로 룩스의 기억은 끊어졌다.

다시 정신이 돌아온 것은 의식을 잃고 생사의 갈림길에서 헤매던 7일 뒤의 아침.

그 사이에 모든 것이 끝나 있었다.

제국군의 패배.

싸움에 참가했던 약 1,200명의 기룡사는, 전사(戰死).

룩스가 믿었던 이상적인 결말 따위는 그 어디에도 보이지 않았다.

†

"응……."

응접실 소파 위에서 룩스는 눈을 떴다.

어느새 몸에는 모포가 덮여 있었다.

커튼이 열린 창문 너머로 동쪽 하늘이 밝아오는 것이 보였다.

새벽이다.

'갈아입을 교복을 가지러 방으로 돌아가야……'

룩스는 그렇게 생각하며 일어나려고 하다가—.

"—우와악?!"

맞은편에 앉아 있는 소녀를 발견하고, 무심결에 소리 지르고 말았다.

크루루시퍼 에인폴크.

요정처럼 아름다운 그 소녀는, 평소처럼 시원스러운 얼굴로 룩스를 바라보고 있었다.

"아직 이른 시간이야. 여자 기숙사가 아니라고 해서 그렇게 큰 소리를 내는 건 어떨까 싶네."

가볍게 머리카락을 쓸어 올리며 크루루시퍼는 입을 열었다.

"그리고 비명을 지르다니 유감스러운걸. 사람을 무슨 괴물 취급하는 것도 아니고."

"아, 미, 미안……. 그게, 꿈을 꾼 탓에 나도 모르게 소리를—."

"솔직하구나. 농담이야, 신경 안 써."

키득 웃으며 크루루시퍼가 입가를 활처럼 구부렸다.

평소에는 점잖고 쿨한 인상의 소녀이지만, 그 미소는 나이에 걸맞게 귀여웠다.

"저, 저기…… 어째서 크루루시퍼 씨가 이런 곳에?"

예상치 못한 장소에서의 만남에 룩스가 질문하자—.

"궁금해?"

"……."

어쩐지 속사정이 있는 듯한 수상한 웃음이 돌아왔다.

교복 스커트 밑으로 뻗어 나온 긴 다리가 살짝 눈에 들어와서, 룩스는 가슴이 두근 뛰었다.

"신경 쓰지 마. 딱히 네가 망상하는 것처럼 외설적인 목적은 아니니까."

"아직 아무 말도 안 했거든요?!"

"기대에 부응해주지 못해서 미안해."

"그러니까 그런 생각한 적 없다니까요?!"

"알았어. 네 얼굴이 빨개진 것처럼 보이는 건 내 눈의 착각인 모양이네."

"누, 누구라도 그럴걸요! 잠에서 깨어났는데, 크루루시퍼 씨처럼 예쁜 사람이 같은 방에 있으면—."

"……."

그 말을 들은 크루루시퍼는 한순간 놀란 표정을 보이더니, 잠시 사이를 둔 뒤에.

"여기는, 네 전용 개인실이 아니니까."

"……네?"

갑자기 진지한 표정으로 돌아오며 그렇게 말했다.

"이곳에 온 이유 말이야. 종종 기숙사를 빠져나와 다른 곳에서 시간을 보내곤 하거든. 우연히 오늘은 이 응접실에 온 거고. 그랬더니 네가 여기서 자고 있었어. 단지 그뿐이야."

그렇게 말하며 크루루시퍼는 바른 자세로 소파에 앉은 채, 가만히 창문 쪽으로 시선을 옮겼다.

그 옆모습은 한 폭의 그림처럼 아름다워서, 룩스는 무심결에 넋을 잃고 바라보았다.

"거짓말 같아?"

별안간 그 얇은 입술이 열리며 말을 자아냈다.

그 물음에 룩스는 가만히 고개를 저었다.

"아니요. 저도 이따금, 그러고 싶어질 때가 있거든요. 혼자서 밤하늘을 올려다보거나, 허드렛일을 할 때도 그래요."

"로맨티스트구나— 라고 말하고 싶지만……. 부주의하구나. 내가 제국에 원한을 품은 암살자였으면, 훨씬 오래전에 살해당했을 거야."

"아, 하하……."

룩스는 쓴웃음으로 대답을 대신했다.

그런 문제 때문에 잠자리에 들 때는 문단속을 철저히 하고 잠을 얕게 자는 버릇을 들여놓았는데, 아무래도 최근의 자신은 완전히 경계심이 풀려버린 모양이다.

"그러고 보니, 크루루시퍼 씨도 신장기룡을 사용한다고 하셨죠?"

"그저 가지고만 있는 거라면, 돼지 목에 진주 목걸이랑 다를 게 없지. 어차피 나는 여기에서는 싸울 수 없고, 그럴 마음도 없으니까."

그렇게 말하며 크루루시퍼는 자신의 허리춤에 걸려 있는 기공각검으로 시선을 떨어뜨렸다.

"그럴 마음이 없다는 게 무슨 소린가요?"

"싸우기를 바라지 않는다는 거야. 예전에는 내게 소중한 누군가를 위해서 노력하고 싸웠고— 그렇게 나는 신장기룡 《파프니르》를 손에 넣었어. 하지만 어느 날, 나는 모든 이유를 잃고 말았지."

"그건……."

무슨 뜻이죠?

룩스는 그렇게 물어보려 했지만, 자기도 모르게 입을 다물었다.

소중한 것을 잃는 괴로움.

그것은 단순한 흥미 본위로 물어봐도 되는 것이 아니라고 생각했으니까.

"내 안에 남아 있는 단 하나의 진실. 그것을 알아낼 열쇠 중 하나가 『검은 영웅』이야. 그래서 나는— 그것을 쫓고 있어."

"……."

"있잖아, 너한테 물어보고 싶은 게 있어."

덜컥, 그 말을 들은 순간 룩스의 숨이 멎었다.

그날.

추락당한 무수한 기룡들.

부서진 바닥의 틈에서 흘러넘치는, 바다와도 같은 피의 흐름.

배신자, 제1황자 후길.

그 검은 기룡은—.

깡깡깡깡깡!

갑자기 1번 지구 시계탑에서 요란한 종소리가 울려 퍼졌다.

"이 소리는……?!"

시간을 알리는 음색이 아닌, 급박하게 타종하는 소리.

적의 습격을 알리는 경보였다.

"설마—?!"

"……먼저 가볼게."

곧바로 움직이는 크루루시퍼를 쫓아 룩스도 복도로 나섰다.

그리고 피르히가 자고 있는 방을 향해 달렸다.

Episode 7 최약의 기룡사

아침노을에 물든 성채 도시에 경계를 알리는 종소리와 기룡의 포효가 울려 퍼졌다.

기룡사 여러 명이 거리를 날아다니고 있는 이유는 환신수의 습격을 알리기 위해서이다.

학원에서는 교관과 도시의 수뇌부가 모여서 즉시 긴급회의를 열었다.

그 사이에 룩스를 비롯한 사관후보생들은 장의를 착용한 후 대기하라는 지령을 받고 기룡 격납고에 모였다.

성채 도시 크로스 피드, 제4 기룡 격납고.

학원 부지 내에 있는 그 건물은, 그 자체가 넓고 두꺼운 석벽 셸터인 동시에 전송되기 전의 장갑기룡을 보관하는 장소였다.

유사시에는 이곳을 대기 장소 및 피난 장소로 사용했다.

"그러면 전원 모였으니 사관후보생 제군들에게 알린다."

경종이 울린 이유는 환신수의 출현에 따른 것.

척후 기룡사의 보고에 의하면 종류는 대형 한 마리.

출현 장소는 남서쪽 유적, 출현 시각은 심야 중으로 추정.

성채 도시와 유적 사이에는 세 개의 요새가 존재했으나, 유적 주변의 경비망과 제1 요새는 이미 돌파당하여 시급한 대처가 필요한 상황이었다.

"현재는 제2, 제3 요새에 상주 중인 경비 부대 소속 기룡사 몇 명이 토벌에 나선 상황이다. 하지만 적은 대형 개체다. 돌파당해서 성채 도시에 피해가 미칠 가능성에 대비하여 우리도 요격 부대를 편성, 전투를 준비한다. 각자 지령이 하달될 때까지 준비를 마치고 대기해라."

라이글리 교관은 평소와 다르게 진중한 목소리로 그렇게 알리며 이야기를 마쳤다.

이미 왕도 쪽에도 구원 요청을 보냈다는 설명도 있었다.

여학생 몇 명은 그 말을 듣고 안도의 한숨을 내쉬었지만—.

"이 학원의 아가씨들은 어지간히 평화에 젖어 있구나."

"네……?"

격납고 벽 근처에 가만히 서 있던 크루루시퍼의 혼잣말에 룩스는 무심코 되물었다.

"왕도 측 지원 부대는 그녀들이 기대하는 것처럼 쉽게 와주진 않을 거야."

"그게 무슨 뜻인가요? 이곳에 있는 학생들은 사관후보생이잖아요? 왕도에서 군의 기룡사를 보내지 않을 리가—"

"목소리가 커, 룩스 군."

어느새 다가온 샤리스가 입가에 집게손가락을 세우며 쓰게 웃었다.

"너도 일단은 전직 왕자님에 기룡사다. 이 나라의 군사 정세에 대해서 어느 정도 사정은 알고 있을 거라고 생각하는데."

"요컨대— 인력이 부족하다는 거야. 실질적인 문제이지."

곁에 있던 티르파가 어깨를 으쓱하며 덧붙였다.

"Yes. 이곳이 평범한 도시가 아니라는 정도는 당신도 잘 알고 있을 터입니다."

그리고 녹트도 한마디 보탠 다음에, 밖으로 나가는 문을 향해 천천히 걸어갔다.

"어디에 갈 생각이세요?"

"우리는 『기사단』이잖아. 그러니 유사시에는 솔선해서 움직여야 해. 여기에 소속되면 확실히 후대를 받을 수야 있지만, 만사 즐거운 일만 있는 건 아닌 법이지."

군 소속 기룡사가 거의 다 출격한 지금, 환신수에 대항할 수 있는 전력은 거의 없다.

샤리스는 씨익 미소를 돌려주며, 그대로 다른 두 사람과 밖으로 나갔다.

아마도 연습장에서 기룡을 장착하고, 그대로 환신수 토벌에 나설 것이다.

"이봐, 룩스. 그럼 다녀오마."

툭, 어깨에 손을 댄 사람은 장의를 몸에 두른 리샤.

대형 환신수의 습격.

그런 긴박한 상황 속에서도 리샤의 표정에는 여유가 있었다.

"조심하세요."

"괜찮다. 나는 강하니까. 허나, 너를 데려갈 수 없는 건 아쉽구나. 이참에 공격하는 방법을 몸소 가르쳐주려고 했건만."

어제의 우울한 감정은 깨끗하게 사라진 것처럼 리샤는 웃어 보였다.

이 정도라면 괜찮을 것이다.

룩스는 안도하며 리샤를 배웅했다.

가만 보니, 격납고 안에는 『기사단』 멤버가 거의 보이지 않았다.

신장기룡을 사용하는 피르히만은 성채 도시의 방어를 위해 남아 있는 것 같았지만, 그 밖의 거의 모든 인원은 환신수를 토벌하기 위해 출격한 모양이었다.

일시적으로 친숙한 얼굴들이 사라지는 바람에 룩스는 졸지에 한가해졌다.

주위를 빙 둘러보자, 벽에 등을 기대고 있는 크루루시퍼가 눈에 들어왔다.

"크루루시퍼 씨는 『기사단』인데 토벌에는 참가 안 하는 거야?"

"나처럼 외국에서 온 유학생에게는 교칙 상 독자적인 전투 기준이 정해져 있거든."

룩스가 다가가며 묻자, 그녀는 표정을 조금도 바꾸지 않고 담담히 대답했다.

"환신수와의 직접 전투에 내가 참여해야 할 의무는 없어. 협력한다고 해봐야 목숨이 위태롭지 않은 선에서의 정보 전달이나 물자 보급, 기타 지원 정도일까. 내가 원하면 도와줄 수야 있지만, 그러면 우리 나라에서 잔소리할 테고, 애초에 그럴 생각도 없어."

크루루시퍼는 북쪽의 대국, 유미르에서 온 유학생이다.

기룡의 기술과 지식을 배우는 것이 목적이라면, 타국의 위기 상황에 솔선해서 싸우다가 목숨과 기룡을 잃는 것은 언어도단이나 다름없는 행동이리라.

말하자면 리샤가 통솔하는 『기사단』은 그만큼 위험에 노출돼 있다는 이야기이다.

"……."

그 사실에 룩스가 말을 잃자―.

"딱히, 신경 쓸 필요는 없어."

"네……?"

"우리는 지금 당장 싸워야 하는 사람이 아니야. 그리고 이런 상황은 당연히 일어날 수 있는 법이지. 너는 『기사단』에 입단하지 않은 일반 학생. 그러니 굳이 싸울 수 없는 자신을 신경 쓸 필요는 없어. 그저 교관의 지시를 따르면 될 뿐이지."

"……."

룩스는 아무런 대답도 할 수 없었다.

"오빠. 혹시라도 나갈 생각하면 안 돼요?"

룩스가 사람들 사이에서 빠져나오자 아이리가 눈앞으로 다가왔다.

"그 《와이번》으로 공격하는 것은 불가능하고, 다른 하나의 검도 사용할 수 없죠. 오빠가 지금 할 수 있는 일은 없어요. 리샤 님과 『기사단』이라면, 상대가 대형 환신수라고 해도 쓰러뜨릴 수 있을 거예요. 그러니―."

"알아. 나도 안다고. 하지만……."

룩스는 수긍하면서도 말끝을 흐렸다.

멤버의 절반을 차지하는 3학년이 왕도로 훈련을 나간 탓에 『기사단』의 전력은 반감돼 있다.

그래도 십여 명의 기룡사라면 대형 환신수 한 마리를 상대로 충분히 승기를 잡을 수 있는 전력이다.

그러나 무언가 마음에 걸렸다.

며칠 전, 리샤와의 결투 때에 습격해온 그 환신수를 떠올렸다.

그렇지 않아도 출현 빈도가 낮은 환신수가 이 단기간 만에 두 마리나 나타났다.

룩스가 예전에 잡일 의뢰를 받아 변경의 유적을 경비하던 때는, 환신수가 한 달에 한 번 정도밖에 나타나지 않았다.

물론 우연일 가능성도 있었지만, 그래도—.

"뭐 마음에 걸리는 점이라도 있어? 일단, 나는 지금부터 현장과 떨어진 위치에서 상황만 확인해볼 예정인데—."

"아뇨……."

"그럼, 나는 가볼게."

"조심하세요."

크루루시퍼가 떠나자 룩스는 천천히, 격납고 안을 걷기 시작했다.

보이지 않는 의문과 그 해답을 찾으려는 것처럼.

†

성채 도시에서 3키르 정도 떨어진 곳에 있는 휑한 광야.

과거에는 녹색 융단 같은 초원이 펼쳐져 있었으며 몇 개의 마을과 촌락이 있었지만, 십여 년 전에 출현한 유적과 환신수의 영향으로 그 모든 것이 스러져 이제는 버려진 잔해만이 남아 있었다.

유적에서 가장 가까운 제1 요새와 그다음에 있는 제2 요새는 이미 돌파당한 상황이었다.

교전 가능한 왕국군의 경비 부대는, 주위의 병사를 모아 부대를 재편성하는 중이라고 했다.

성채 도시로 진격하는 환신수를 멈추는 것은 『기사단』의 활약에 달려 있었다.

"이 녀석이— 문제의 환신수인가?"

목표에서 200ml[메르]정도 떨어진 대지와 상공에서, 『기사단』 소속 십여 명은 환신수를 확인했다.

다리는 없다. 젤리 같은 사다리꼴 거체에서 첨탑처럼 생긴 팔 두 개가 좌우로 뻗어나와 있었고, 안구로 보이는 보라색 구체 두 개가 꼭대기 지점에 박혀 있었다.

그저 그것뿐인 생물.

지성이 거의 존재하지 않는다고 전해지는 슬라임 타입.

하지만 그 환신수는 대형이라는 정보대로, 성 한 채는 집어삼킬 수 있을 정도의 터무니없는 거체를 뽐내고 있었다.

반투명한 몸속에는 희미한 검붉은 구체— 핵이라고 부르는 것이 보이고 있었으나, 그것에 공격을 맞추기 위해서는 두꺼운 점액층을 돌파해야만 한다.

그리고 가공스럽게도 그 성 같은 거체는 움직이고 있었다.

아이가 달리는 정도의 속도로 보였지만, 그 거대함을 고려하면 지나치게 빠를 정도였다.

과연 어떻게 공략해야 한단 말인가—.

"좋아, 인정사정 봐주지 마라."

입가에 미소를 머금고 부대장을 맡은 리샤가 캐논을 들었다.

환창기핵에서 생성된 에너지를 캐논에 충전.

《키메라틱 와이번》의 주포가 환신수의 핵을 향해 조준을 고정했다.

"처음부터 쏘실 생각입니까?!"

등 뒤에 있던 『기사단』 중 한 명이 겁먹은 것처럼 소리쳤다.

"해보지 않으면 아무 소용 없잖는가. 그럼 쏜다!"

리샤는 과감하게 캐논의 방아쇠를 당겼다.

콰아! 발사된 거대한 빛 기둥이 슬라임의 출렁대는 복부에 명중했다.

"부그르…… 쿠콰앗!"

직후, 충격이 환신수의 표면에 파문을 일으켰다.

그리고 투확, 사방으로 점액이 튀었다.

"윽……?!"

거리를 충분히 벌려둔 덕분에 점액은 『기사단』까지는 닿지 않았다.

그러나 지면으로 떨어진 점액에 닿은 풀이 순식간에 녹아버리고 말았다.

그 모습을 지켜보던 3학년 샤리스는, 용성을 사용해서 『기사단』 전체에 말을 전했다.

『놈의 신체에 접촉하면 저렇게 되는 모양이군. 어지간하면 기룡의 장벽에는 의지하지 않는 게 좋을 것 같다.』

『Yes. 신변의 안전을 위해서도 접근전은 피하는 것이 좋을 겁니다. 전원 사격 무장을 준비해야 한다고 봅니다. 리즈샤르테 님.』

녹트가 동의하며 지시를 기다렸다.

그러나 리샤의 대답보다 빠르게—.

"잠깐?! 그보다, 우선 저것 좀 봐봐?!"

티르파가 당황한 목소리로 손에 든 블레이드로 한곳을 가리켰다.

그곳에는—.

"부그, 부그르르르르……"

리샤의 포격 따위는 개의치 않고 환신수는 전진을 계속했다.

아니, 공격에 반응을 보여서 도리어 이동 속도가 빨라졌다.

바로 앞에 있는 제3 요새를 넘어서 최후의 방위 지점— 성채 도시 2번 지구의 성벽을 향해, 착실하게 다가가고 있었다.

"포격이, 통하질 않았어……?"

《키메라틱 와이번》은 범용기룡이 장비하는 캐논 중에서는 가장 위력이 강한 것을 사용했다.

그러나 포격은 표면 일부를 깎아냈을 뿐, 핵 근처에는 닿지도 못했다.

신체에 뚫린 구멍도 주변의 체액으로 메워져서, 10초가 채 지나기 전에 재생을 끝냈다.

"칫……. 아무래도 저 거대한 놈의 신체는 성가신 점액질로 돼 있는 것 같군. 충격이나 열을 주변 체액 전체로 퍼뜨려서, 위력을 분산하는 모양이다."

리샤는 살짝 혀를 찼지만, 평정을 유지하고 있었다.

"그래서, 작전은 어떻게 할 생각인가? 부대장 각하."

옆에서 체공 중인 샤리스의 질문에 리샤는 코웃음을 치며 말했다.

『그야 뻔하지. 핵을 향해 주포로 일제 사격을 시행한다. 전원, 200메르의 간격을 두고 에너지를 최대로 충전해라. 너무 멀리 떨어지면 위력이 떨어지니 주의해라. 카운트는 내가 하지. 알겠나?』

용성을 사용해서 지상의 『기사단』 멤버에게도 지시를 내린 뒤, 리샤는 자신의 캐논에도 에너지를 충전했다.

'이것으로 확실하게 쓰러뜨릴 수 있겠지. 우리의 승리다.'

리샤는 승리를 확신했다.

십여 명의 기룡사가 발사하는 집중포화.

먼젓번의 포격을 통해 체액이 터져나가는 형태를 파악한 이상, 이 위력이라면 꿰뚫을 수 있을 터.

"카운트 다운을 시작하겠다. 제로에서 사격을 개시해라. 5, 4, 3……."

리샤의 지시에 따라 모든 멤버가 최대로 충전된 캐논을 조준했다.

"2, 1, 발사—!"

—이이이이이이이이이이이이이!

그때, 어디선가 기이한 피리 소리가 울려 퍼졌다.

'뭐지, 이 소리는? 환신수의 후방에서—'

리즈샤르테가 머리 한구석에서 그렇게 생각했을 때, 일제 사격의 충격이 대기를 뒤흔들었다.

동시에 눈앞의 환신수에게서 이변이 일어났다.

"뭣……?!"

조준을 고정해둔 체내의 검붉은 핵.

그것이 파멸을 품은 거품처럼, 급격히 팽창하기 시작했다.

"그아아아아아아아아아아아!"

그 직후, 포격이 명중하기 전에 환신수가 스스로 터져나 갔다.

핵의 폭발.

예상을 아득히 웃도는 고열과 충격이 시야 전체를 뒤덮으며 밀어닥쳤다.

『장벽을 전개해라! 기룡포효도 ^{하울링 로어} 사용해!』

리샤의 외침은 굉음에 감쪽같이 지워지고 말았다.

✝

"어라……?"

정처 없이 기룡 격납고 안을 돌아다니던 룩스는, 열려 있는 문 뒤에서 지하로 내려가는 계단을 발견했다.

"이런 데가 있었네……?"

룩스의 발은 자연스럽게 지하 쪽으로 향했다.

근처의 문을 조심스럽게 열자, 거기에는— 피르히가 있었다.

신장기룡의 파일럿인 소꿉친구 소녀는, 변함없이 멍한 모습으로 작은 의자에 앉아 있었다.

"……피르히?"

평소에도 신비한 인상의 소녀이지만, 룩스는 한층 묘한 기척을 느끼고 말을 걸었다.

"……."

그러나— 아무런 반응이 없었다.

상태가 이상했다.

룩스의 목소리 같은 건, 마치 처음부터 들리지도 않았다는 것처럼.

"소리가, 들려."

그저 벽의 한점에 시선을 고정한 채, 피르히는 불쑥 입을 열었다.

"소리?"

"소리."

룩스가 되묻자, 반복하는 것처럼 피르히가 중얼거렸다.

룩스의 귓가에는 아무런 소리도 들리지 않았다.

하지만.

"피리 소리가, 들리고 있어……. 저쪽에서."

"……?!"

두근.

공허하게 내뱉은 그 한마디에, 룩스의 심장이 크게 뛰었다.

『네가 군대를 충분히 와해시키지 못하고 당했으면, 나는 《피리》를 사용해서 환신수를 불러들일 수밖에 없었을 거다.』

피리의 음색.

리샤와의 결투 때, 불시에 나타난 환신수의 습격.

『기사단』 3학년 멤버의 부재라는 타이밍.

모든 아귀가 맞물리며 하나의 해답을 내놓았다.

"설마—."

쿠구웅!

갑자기 땅이 울리는 듯한 진동이 격납고를 뒤흔들었다.

"……상황을 보고 올게. 피르히."

"응. 부탁해, 루우."

진지한 얼굴로 지하실을 나서는 룩스를, 피르히는 목소리만으로 배웅하며—.

"그들을 도와줘, 내 대신에—."

마지막으로 그렇게 나지막하게, 텅 비어버린 표정으로 중얼거렸다.

†

환신수와 교전을 치르던 『기사단』의 부대는 반쯤 무력화된 상황이었다.

"크, 아아……!"

"우…… 큭, 아……!"

쉬이익— 산에 그을리는 소리와 함께 기룡 몇 기의 장갑이 녹아내렸다.

들고 있던 캐논이나 블레이드를 방패로 사용한 멤버도 많았고, 그 무장은 이미 고철로 변해 있었다.

비행 중이던 기룡사도 폭발의 충격에 휩쓸려서 모조리 땅에 떨어져 있었다.

"……큭!『기사단』소대는 전기 대피해라! 태세를 재정비하겠다. 무기를 사용할 수 없는 인원은 일단 뒤로 빠져!"

예정돼 있던 공격의 실패.

뿐만 아니라 막대한 손해를 입었다는 현실에 리샤는 표정을 일그러뜨리며 신음을 흘렸다.

"아직 충분히 교전할 수 있다! 허둥대지 마!"

그렇게 동료들을 독려하며, 기력을 북돋우려 했다.

하지만—.

『호오, 그럭저럭 왕녀의 낯짝처럼 보이게 되었구나, 리즈샤르테여.』

"……?!"

『기사단』멤버가 아니었다.

요새를 돌파당하고 환신수를 추격하던 신왕국군 경비 부대 소속 기룡사.

회색 기룡을 장착한 남자가, 진격하는 환신수의 등 뒤 상공에 떠 있는 모습이 보였다.

『허나, 너는 그런 그릇이 아니다. 그런 긍지 따위는 없단 말이다.』

"네놈, 무슨 소리를— 크……?!"

불손한 말 직후, 그 기룡사는 섬광 같은 포격을 리샤에게 발사했다.

『부대장!』

『공주님!』

기사단 멤버들의 비명이 용성 통신에 메아리친다.

"큭……!"

완전히 허를 찔린 타이밍이었으나 리샤는 가까스로 직격을 회피했다.

그러나 스친 포격은 장갑을 부수었고, 리샤는 《키메라틱 와이번》과 함께 지면을 나뒹굴었다.

『으…… 큭! 대체, 무슨 짓이냐……?! 왕도에서 배치한 경비 부대의 대장이 왜—.』

리샤는 상공에 떠 있는 기룡사를 노려보며 그렇게 외쳤다.

대치 중인 장년의 사내는, 침착한 어조로—.

『잘못 알고 계시는군요.』

그렇게, 비웃는 것처럼 그녀의 말을 끊었다.

『제가 온 곳은 **제도**이옵니다. 리즈샤르테 왕녀 전하. 아카디아 제국 근위기사단장 벨벳 발트. 그것이 제 이름이지요.』

『뭣……?!』

용성을 통해 들려온 예의 바른 목소리에, 『기사단』 일동이 일제히 숨을 삼켰다.

쿠데타로 구제국이 멸망한 후.

살아남은 제국 소속 기룡사들은 일단 전범으로서 투옥당했다.

하지만 신왕국을 향한 충성을 맹세하며 자신의 결백을 증명한 사람은 신왕국의 기룡사로서 다시 사관이 되었으나—.

『제도에서 왔다.』라는 한마디에, 리샤는 남성의 정체를 파악했다.

이 나라의 적.

구제국의 복권(復權)을 꾀하는 반란군, 그 의지가 몸에 깃든 남자라는 것을.

"신왕국을 배신했다는 거냐? 일부러 유적에서 환신수까지 끌고 나와서—."

『배신이라니, 듣기 거북한 말을 하는군. 올바른 길로 되돌아왔을 뿐이다. 힘을 얻어서.』

사내의 의기양양한 목소리가 용성을 통해 머릿속에 들려왔다.

『이따위 기습 한 번으로 나를 이길 수 있을 거라고 생각했느냐? 오만은 몸을 망칠 뿐이다, 벨벳.』

비행 장치에 피탄당했음에도 리샤는 태연하게 행동했다.

그 모습을 바라보는 벨벳도 여유로운 표정이었다.

『이길 수 있고말고요. 이렇게 당신을 유인한 것도 다 승산이 있기 때문 아니겠습니까.』

하늘에서 내려온 회색 장갑기룡.

구제국군을 상징하는 도색을 한 강화형 비상기룡 《엑스와이번》.

벨벳 경비 부대장은 질척하게 부서진 환신수 앞에서, 작은 황금 피리를 손에 들었다.

『자, 알이여, 부화하거라.』

그리고 잔인한 웃음을 흘리며 피리에 입을 댔다.

생소하기만 한 귀에 거슬리는 불협화음이 황폐한 대지에 울려 퍼졌다.

그 직후.

파열되어 질척하게 뭉개진 환신수의 표면에, 무수한 유막(油膜)이 불룩 떠올랐다.

작은 거품은 빠른 속도로 부쩍부쩍 커지더니 이윽고 일제히 날아올랐다.

"저것은—?!"

『기사단』 멤버들이 경악하며 눈을 부릅떴다.

튀어나온 것은, 검은 금속의 조인(鳥人).

며칠 전 학원을 습격한 가고일. 그것이 무리 지어 환신수의 체내에서 나타나고 있었다.

『뭐, 뭐야 이게…….』

『저렇게 많다니……! 우리는 두 개체 이상의 환신수랑 동시에 싸워본 적도 없는데…….』

『어떡해…… 이런 이야기는 못 들었다구—.』

『애초에 군의 경비대까지 적이라니…….』

용성 회선에 무수한 목소리가 겹친다.

절망으로 덧칠된 거대한 거품이, 끊임없이 생기며 터진다.

톡톡.

톡톡.

톡톡톡톡톡톡⋯⋯.

해가 떠오르기 시작해 아침노을로 물든 하늘을, 검은 금속 날개가 뒤덮어간다.

환신수, 가고일은 약 30여 마리.

기룡사 한 사람으로 환산하면 약 120기를 넘는 적 전력이 그 자리에서 태어났다.

"―눈을 뜨거라, 개벽의 시조여. 홀몸으로 군세를 이루는 신들의 용왕이여. 《티아마트》!"

리샤가 부서진 《키메라틱 와이번》의 접속을 해제하고 신장기룡 《티아마트》를 장착했다.

그러나.

『리샤 님! 퇴각 준비를! 이 전력 차이로 교전하는 것은 위험합니다!』

기사단의 일원이 용성으로 외쳤지만, 리샤는 가만히 고개를 저었다.

『유감스럽게도 어려울 것 같구나. 적은 날개를 가지고 있다. 성채 도시 안으로 달아난다 해도, 벽을 넘어서 올 테지.

그러니 여기서 해치울 수밖에 없다.』

『그, 그렇다면— 저희가 시간을 벌 테니, 하다못해 리샤 님만은! 공주이신 당신께서 여기서 쓰러져서는 아니 됩니다. 간신히 평화를 되찾은 신왕국 백성들을 위해서라도.』

다시 다른 멤버가 절박한 목소리로 소리쳤다.

그러나—.

『살아남는 것 또한 왕녀의 책임— 그렇게 말하는 것이냐?』

용성을 타고 리샤의 쓴웃음이 돌아왔다.

『그렇다면, 나는 역시 왕녀라는 자리에는 어울리지 않는 것 같구나.』

그렇게 쓸쓸하게 중얼거렸다.

『귀찮다. 어색하기만 할 뿐이지. 누군가를 희생해서 살아남고, 누군가의 죽음을 영웅으로 추대하며, 남은 시민들에게 일장 연설이나 하고 박수를 받는 삶 말이다.』

『…….』

『그러니 나는, 싸울 거다. 분명 그것이야말로 내가 할 수 있는, 공주로서의 사명일 테지.』

그렇게 단언함과 동시에 리샤의 《티아마트》가 비상했다.

『기사단 총원에 고한다. 지금부터 적과 교전에 들어간다. 전투불능자와 부상자는 성벽 안으로 대피. 싸울 수 있는 멤버는 나를 원호하라. 《레기온》에 맞지 않도록, 약간 거리를 두어라.』

『리즈샤르테 님······.』

그녀의 말투에서 각오를 느낀 『기사단』 멤버들도 자연스럽게 침착함을 되찾았다.

『녹트. 너는 성채 도시로 돌아가서 학원에 이 사실을 알리고 지시를 부탁하마, 할 수 있겠지?』

『Yes. 분부를 따르겠습니다.』

대답한 직후 녹트의 《드레이크》가 크로스 피드를 향해 활주했다.

동시에 『기사단』 멤버들이 일제히 남은 무장을 들어 올렸다.

"자, 질릴 때까지 놀아주마. 반역자 자식들아."

기공각검을 휘둘러 리샤는 부속 무장을 소환했다.

《레기온》추가 열두 기와 초화력 주포, 《세븐스 헤즈》를.

"말이 많은 공주님이로군."

경비 부대장 벨벳은, 입가를 반원으로 일그러뜨리며 다시 피리에 입술을 가져다 댔다.

†

"—여기까지가 제가 원거리에서 직접 확인하고, 용성을 통해 녹트 양에게서 들은 현재의 전황이에요."

신장기룡 《파프니르》의 속도를 활용해서 크루루시퍼가 가지고 돌아온 사실에, 대기 중이던 학생들 사이에는 침묵이 내려앉았다.

"이 성채 도시에서 후퇴할지, 아니면 응전할지 판단을 내릴 필요가 있겠네요. 적들은 이미 바로 지척까지 접근했으니까."

"알았다. 협력에 감사한다. 크루루시퍼."

라이글리 교관의 대답과 함께 무거운 침묵이 기룡 격납고 안을 가득 채웠다.

환신수를 데려온 것은 경비 부대장이며 구제국의 의지를 잇는 반란군의 사내.

그의 술책에 빠져 현재 성채 도시의 최대 전력인 『기사단』이 파멸 직전의 상태라는 것.

그런 사실이 들이밀어지자 사관후보 여학생들은 아무 말도 할 수 없었다.

"……."

그런 와중에 룩스는 혼자서 격납고 밖으로 나가려고 했다.

밖으로 나가는 문 앞에는 깊은 생각에 잠긴 아이리가 서 있었다.

"어딜 가려는 거예요? 오빠."

각오를 굳힌 룩스의 얼굴을 보며 아이리가 물었다.

무언가를 꾹 참고 있는 완고한 표정으로.

"리샤 님을, 구하러 갈 거야."

"안 돼요!"

아이리는 단칼에 대답했다.

"그 《와이번》으로는 방어라면 몰라도 환신수를 쓰러뜨리기란 불가능하고, 다른 한 자루의 검도 사용할 수 없잖아요. 지금의 오빠가 할 수 있는 일은 아무것도 없어요."

"하지만—."

"오빠의 심정은 저도 알아요. 하지만 이 세계에는 어쩔 수 없는 일도 있어요. 아무리 노력해도 뒤집을 수 없는 것이, 잔뜩 있다구요. 우리 구제국의 황족은, 그런 광경을 질릴 정도로 봐오지 않았던가요!"

아이리는 평소의 새침한 표정을 완전히 벗어 던지며 호소했다.

그것이 무엇을 의미하는지 룩스는 알고 있었다.

"우리는 대의를 위해서 싸우고 있는 게 아니었나요. 목적을 잊지 말아주세요. 여기서 죽을 생각이에요? 부탁이에요. 우리는, 이 나라를 위해서—."

"그건 아니야, 아이리."

룩스는, 아이리의 말을 중간에 끊으며 가만히 미소 지었다.

"내 목적은, 제국을 토벌하는 거야. 내게서 소중한 사람을 앗아간, 그 적을 쓰러뜨리는 거라고."

"……."

"걱정하지 마, 아이리. 무슨 일이 있어도, 나는 너를, 외툴이로 만들지 않겠어―."

아이리는 그 말에, 조용히 고개를 숙였다.

"그 기룡의 출력 조정은 이미 끝내두었어요. 어디까지나 배우는 중인 제 나름대로 해석한 정도이니까…… 충분하다는 보증은, 할 수 없어요……."

"고마워."

룩스는 여동생에게 미소를 보낸 뒤, 문밖에 있던 크루루시퍼에게 다가갔다.

"크루루시퍼 씨, 부탁드릴 게 있어요."

"……무슨 부탁?"

"당신의 《파프니르》를 기동해주세요. 제 원호가 아니라, 리샤 님을 구하기 위해서. 현재 성채 도시 외부로 나갈 수 있으며, 그렇게 할 수 있는 사람은 당신밖에 없어요."

올곧은 눈동자로 응시하며 룩스가 그렇게 말하자―.

"전에도 말했지? 나는 유미르 교국의 명령으로 싸움에는 나설 수 없는 몸이야."

크루루시퍼는 어디까지나 냉정한 말투로 대답했다.

하지만―.

"『검은 영웅』의 정체를, 저는 알고 있어요. 거래하죠. 제 부탁을 들어주신다면, 가르쳐 드리죠."

"……."

룩스는 아이리가 자신에게서 시선을 거두는 것을, 보지

않아도 똑똑히 느낄 수 있었다.

"알았어."

크루루시퍼는 잠시 사이를 두고, 승낙했다.

"그럼, 출발하죠."

그리고 두 사람은 동시에 기공각검을 뽑아 들었다.

†

황야의 전장에서 사투가 펼쳐지고 있었다.

금속 조인형 환신수, 가고일 30마리의 맹공.

그리고 어째서인지 환신수의 공격을 받지 않는 경비 부대장 벨벳은, 그 지옥을 후방에서 지휘관처럼 지켜보고 있었다.

그 손에 들고 있는 《피리》의 힘인지, 마치 환신수들을 통솔해서 그 움직임을 지배하는 것처럼 보였다.

"큭……! 하앗!"

리샤는 숨을 몰아쉬며 사지 각 부분에 힘을 실었다.

합계 열여섯 기의 《레기온》으로 상대를 교란, 중력을 제어하는 신장 《천성》으로 움직임을 봉하고, 마지막으로 《세븐스 헤즈》의 최대 포격으로 확실히 파괴한다.

신장기룡 《티아마트》의 3대 무장을 최대로 활용한 극한의 전투.

한계를 넘어선 출력의 공격을 연속으로 사용하고, 그녀를 원호하는 기사단의 멤버들도 사력을 다하고 있었지만, 여전히 열세였다.

그래도 공격하는 기세를 늦추지 않고, 조금씩 적의 숫자를 줄이고 있었지만—.

"크…… 하앗!"

마침내 마음만으로는 버틸 수 없는 한계가, 눈앞에 다가왔다.

시야가 부옇게 흐려지며, 팔다리가 말을 듣지 않았다.

"하악…… 하악……!"

남은 가고일 타입 환신수는 십여 마리.

물론 단 한 마리만 남는다 해도 방심할 수 있을 만한 상대는 아니었지만, 천신만고 끝에 마지막 책략을 사용할 찬스가 왔다.

『샤리스, 티르파…… 무사한가?』

리샤는 용성을 쥐어짜『기사단』멤버에게 말을 걸었다.

『……미안하지만 공주, 나는 이미 동료의 도움을 받아 후퇴 중이다.』

『응, 나도 이젠, 한계인 것 같아……. 양팔 장갑째로 무장도 날아가 버렸고—.』

목쉰 대답이 돌아오자 리샤는 쓰게 웃었다.

오히려 압도적인 전력 차 속에서 여기까지 싸워준 동료들에게 감사할 따름이었다.

『너희는 이만 후퇴해라. 대신 하나 부탁할 게 있다. 성채 도시에 있는 교관들에게, 공격을 개시해달라고 전해다오. 물론 내 계획이 성공했을 경우의 이야기이다만.』

『공주, 그건 설마……?』

샤리스는 리샤의 계획을 깨달았다.

『그래. 나는— 그 피리를 지닌, 우두머리를 노릴 거다.』

환신수는 본디 생물을 무차별로 습격하는 습성이라고 기록돼 있다.

그럼에도 저 구제국의 망령에 씐 경비 부대장 벨벳은 공격당하기는커녕 말려들 기색조차 보이지 않았다.

그리고 저 사내가 소지 중인 황금 피리는 기룡사의 무장 따위가 아니었다.

피리는 아마도 유적의 보물이며, 그것을 사용해 환신수를 조종하고 있는 것이리라.

요컨대 저 피리만 어떻게든 해결하면, 혹은 벨벳만 쓰러뜨리면 환신수들이 통제에서 벗어날 가능성이 높았다.

지금까지는 적의 수가 너무나도 많아 시도할 수 없었으나, 드디어 그 기회가 찾아왔다.

"—꼴사납구나, 리즈샤르테. 원래는 남자 밑에 깔려서 살아가야 할 암캐 년이, 설령 한때라 해도 왕녀의 자리 따위에 앉은 것 자체가 애초에 실수였던 거다."

환신수들의 후방에서 체공 중이던 벨벳은 조소를 머금고 리샤를 내려다보았다.

　"흥. 그 남자란 너처럼 끝난 뒤에 구차하게 변명을 해대며 오기로 자기 자신을 포장하는 녀석을 말하는 거냐? 그러면서도 절대적으로 유리한 상황에서만 유세를 부릴 수 있다니. 과연 우리 여자에게 멸망당할 만한 제국이로구나."

　"……배짱 한번 좋군. 아니, 멋진 허세라고 칭찬해주마. 이미 착용 중인 신장기룡이 폭주를 시작할 정도로 힘을 소모한 주제에."

　벨벳은 빈정거리며 피리에 입술을 대고 숨을 불어넣었다.

　형용할 수 없는 기이한 소리가 울리며, 환신수들이 일제히 벨벳의 후방으로 되돌아왔다.

　"좋다. 바라는 대로 1대1 대결을 해주마. 네게 명예로운 죽음을 선사해주지."

　벨벳은 대형 블레이드를 상단으로 겨누며 선고했다.

　"웃기지도 않는 농담이로군. 너 같은 잔챙이한테 목숨을 빼앗기다니, 후세까지 남을 치욕일 뿐이지."

　대꾸하는 리샤도 웃으며 소형 블레이드를 뽑아 날아올랐다.

　신장기룡 《티아마트》대 강화형 비상기룡 《엑스 와이번》.

　파일럿의 기술, 체력, 장비가 동등하다면 기체의 성능 차로 《티아마트》가 유리한 대결이었으나, 지금은 달랐다.

리샤는 이미 언제 피를 토해도 이상하지 않을 정도로 피로가 쌓였고, 장갑도 너덜너덜했다.

특수 능력— 신장 《천성》은 고사하고 《레기온》을 다룰 힘도, 《세븐스 헤즈》로 포격을 시도할 여력도 없었다.

상공에서 기다리는 벨벳을 향해 똑바로 비행하는 것조차 힘겨웠다.

1대1 대결이 되면 결과는 불을 보듯 뻔했다.

적도 그것을 확신하고 있었다.

그렇기 때문에— 승산이 있었다.

"자, 황천길로 보내주마! 거짓된 공주여!"

벨벳의 대검에 환창기핵의 에너지가 주입된 그 찰나.

리샤는 들고 있던 블레이드를 전방을 향해 집어 던졌다.

"──?!"

소검을 투척. 동시에 상승하던 《티아마트》가 급정지.

비단 기룡사에게만 국한된 이야기는 아니지만, 전장에서 무기를 잃으면 빠른 죽음으로 이어지기 마련.

벨벳은 대검을 내려쳐 날아오는 블레이드를 쳐냈다.

"어리석은 년, 그런 수법이 통할 거라고 생각했나?"

리샤의 양손에 대신할 무기는 없었다.

승부는 정해졌다.

"하! 실수한 것은 네놈이다."

리샤의 작은 웃음소리가 대치 중이던 벨벳의 귓가에 닿

았다

그녀는 양손에 폭이 좁은 쌍검을 쥐고 있었다.

《키메라틱 와이번》과 짝을 이루는 두 자루의 기공각검.

한 번 기룡을 장착하고 나면, 그것을 조종간 이외의 도구로 사용하는 경우는 없다.

기룡을 제어하기 위한 기공각검은 빼앗기거나 파괴당하면 패배가 확정된다.

기룡을 장착하기 전에 호신용으로 사용한다면 몰라도, 장착한 뒤에 무기로 사용하는 것은 말도 안 되는 행동이었다.

그렇기에, 원래는 예측 불가능한 공격.

도신 일부에 환창기핵을 사용한 기공각검이라면, 장갑기룡의 장벽도 돌파할 수 있다.

벨벳은 한 번 대검을 크게 휘두른 직후에 완벽한 빈틈을 드러냈다.

'잡았다!'

리샤가 확신을 담아 쌍검을 휘두른 순간.

"안됐구나, 암캐."

"뭐—?!"

시간이 멈춘 것처럼 리샤의 감각이 둔해졌다.

자신이 느끼는 시간의 흐름, 그 인식에서 빠져나가는 것처럼.

부웅!

벨벳의 대검이 먼저 휘둘러졌다.

장갑의 파편이 리샤의 눈앞에서 흩날렸다.

태양이 떠오른 푸른 하늘에, 한 떨기 빨간 꽃이 피어났다.

"크, 아……!"

쌍검이 튕겨져나가고, 장갑 일부가 부서진 리샤가 대지로 추락했다.

무언가를 요구하는 것처럼 오른손을 하늘로 뻗은 그녀는, 그대로 모든 기운을 잃었다.

『리샤 님!』

후퇴 준비를 하던 『기사단』 동료들이 비명을 질렀다.

그러나— 그들은 그녀에게 갈 수 없었다.

대기하고 있던 십여 마리의 환신수가 신속하게 움직이더니, 리샤와 『기사단』 사이에 벽을 만들듯이 가로막았다.

"핫! 하하하하핫!"

벨벳의 커다란 웃음소리가 황야와 하늘에 울려 퍼졌다.

"뭐, 냐…… 지금 그건……?"

리샤의 신음을 듣고 벨벳은 방자한 미소를 보였다.

『신속제어(神速制御)』^(퀵 드로우)—. 과거 제국군에 전해지던 기룡사의 오의 중 하나다. 근위기사단장 자리까지 오른 뒤에, 다시 5년의 수련을 더 쌓아서— 나는, 마침내 이 기술을 마스터했지."

<ruby>신속제어<rt>퀵 드로우</rt></ruby>『신속제어』.

육체 조작 제어에 더한 정신 조작 제어.

일련의 동작에 다른 두 계통의 조작을 완벽하게 융합하여 그야말로 일순간, 단 한 동작만 눈에 보이지도 않을 정도의 공격을 가하는 절기.

기룡사의 세 가지 오의는 신왕국이 건국된 뒤에도 전설로써 구전되었고, 단 하나라도 습득한 자는 초일류 파일럿으로 칭송받았다.

"나는, 쿠데타가 일어난 날부터 5년 동안 이 순간을 위해 이를 갈아왔다. 네년 같은 암컷들의 끄나풀로 살아가는 삶을 고통스럽게 연기하면서 말이지. 하하하하하하! 최고의 기분이구나!"

"이 쓰레기가……!"

리샤는 대자로 누운 채 아랫입술을 깨물었다.

"이것으로 목적은 달성했다. 이젠 너를 인질로 삼아서 여왕과의 거래를 위한 도구로 사용할 거다."

벨벳은 피리를 불어 자신의 등 뒤로 환신수를 불러들였다.

리샤 자신은 이제 손 쓸 방법이 없었다.

"큭……."

안간힘을 쏟아 손가락 끝에 닿은 방아쇠를 당겼지만, 《티아마트》는 이미 아무런 반응도 보이지 않았다.

'끝내 **다시** 오고 말았는가, 이런 날이⋯⋯.'

피로와 출혈 탓에 혼탁해진 의식 속에서, 리샤는 불현듯 누군가의 목소리를 들었다.

『리샤 님!』

『―룩, 스⋯⋯?』

리샤 한 사람에게만 보낸 용성이 이미 움직이지 않는《티아마트》를 통해서 들려왔다.

꿈인가, 환청인가.

마지막으로 이야기할 수만 있다면 어느 쪽이라도 상관없다고 리샤는 생각했다.

『후우⋯⋯ 미안하다. 당하고 말았구나. 하하⋯⋯.』

『조금만 더 견뎌주세요. 조금만 더, 의식을 유지해주세요. 그러면―.』

『나는 됐으니까, 그냥 내버려다오. 신경 쓰지 않아도 된다. 자만일지도 모르지만, 나를 구하러 오지 않아도 된다, 그러니⋯⋯.』

덕분에 마지막 힘이 솟아올랐다.

『대신에 들어줘. 내 비밀을, 마지막까지―.』

†

"……이것으로, 이겼다고 생각하는 거냐?"

리샤는 룩스와 용성으로 대화를 하는 한편, 눈앞의 적을 향해 그렇게 중얼거렸다.

그 시선은 벨벳이 떠 있는 하늘 뒤쪽― 먼 후방을 향하고 있었다.

"호오. 그건 또 무슨 의미지? 실로 흥미롭군."

"나는 포기하지 않았다. 너를 쓰러뜨릴 수단은 아직 남아 있지."

"크하하하하! 가엾은 여자로다. 웃기는 걸 넘어서 질려버릴 정도군. 설마, 너―"

그렇게 웃으며 벨벳은 자신의 등 뒤를 돌아보았다.

"설마 저것을, 왕도에서 보낸 원군이라고 생각하는 건 아니겠지?"

"―."

그 말을 들은 순간, 필사적으로 의식을 유지하던 리샤의 얼굴이 파랗게 질렸다.

쓰러진 리샤는 황야 저편― 벨벳의 등 뒤에서, 백여 기의 기룡이 다가오는 모습을 보고 있었다.

그러나― 그 모든 것은 회색.

과거 구제국의 도색과 같은― 반란군의!

"어리석은 왕녀 리즈샤르테여. 아니, 우리 제국 측에 붙은 단순한 노예였었나? 네 정체는―."

"……큭?!"

그 말을 들은 순간 리샤는 아무 말도 하지 못했다.

기공각검을 쥐고 있는 손이 덜덜 떨리고, 진홍색 눈동자가 흔들렸다.

"하하핫! 이거 참 그리운걸, 아가씨. 그렇지! 바로 나다, 리즈샤르테. 네 배에 제국의 낙인을 찍은 사람이! 백작가가 버린 네게 인질로서의 가치 따위는 없었지. 그래서 암살자로 써먹어 보려고, 네게 장갑기룡을 다루는 법을 가르쳐주었더니……."

"크, 아, 아아……."

말이 되지 못한 부르짖음이 리샤의 목구멍을 비집고 나온다.

끝이 보이지 않는 암담한 색으로 물든 절망의 비명이.

"하지만 쿠데타가 성공하여 운 좋게 구출된 너는 아무 일도 없었던 것처럼 왕녀 행세를 하고 있지. 후계자로 써먹으려고 남겨둔 여동생이 죽어서 사정이 나빠졌으니 다시 주워간다? 크크크, 정말 지독한 나라로구만, 이 신왕국은."

벨벳은 끊임없이 비웃으며 대검을 고쳐 쥐었다.

벨벳의 원군으로 달려온 백 기의 장갑기룡은 이미 주위를 포위하고 있었다.

《와이번》, 《와이엄》, 《드레이크》. 세 종류의 범용기룡이 합쳐서 백 기.

게다가 피리의 신호를 기다리는 가고일 타입 환신수가 십여 마리.

　충분히 성채 도시를 제압할 수 있는— 아니, 기룡 격납고와 학원을 빼앗아 그대로 왕도로 쳐들어갈 수 있는 전력이다.

　"하지만 지금은 딱 좋은 상황이로군. 너는 『진짜 왕녀』로서 우리의 거래 재료가 되어줘야겠어. 알겠나? 리즈샤르테. 너는 우리 제국 측 사람이다 이거야. 이해했다면, 자, 바닥에 넙죽 엎드려서 말해봐라. 저는— 당신들의 노예입니다, 라고."

　"……."

　리샤는 오만방자한 벨벳에게는 반응하지 않았다.

　그저 룩스에게 목소리를 전하고 있었을 뿐.

†

　『……들어다오, 룩스 아카디아. 나는, 달아났다. 긍지 높은 백작가의 영애로서 그대로 죽을 수는 없었지.』

　공허한 목소리가 용성을 통해 룩스에게 전달된다.

　『아버지께 버림받았다는 사실을 알고서 제국의 암살자가 될지 아니면 죽을 것인지 선택하라는 말을 들었지만, 무서워서 자해할 수 없었다. 그러니까, 나는 한 번 모든 것을 버리고 제국 측 사람이 되겠다고 결심했던 거다. 내게는 왕녀의 자격 같은 건— 처음부터 존재하지 않았어.』

『……리샤, 님.』

『나는, 공주님 행세를 하는 것이 괴로웠다. 그러나 나도 사실은 그렇게 되고 싶었어. 한 번 제국 측에 붙었던 인간이 말도 안 되는 헛소리를 하는 것일지도 몰라. 하지만 나는, 지금 내 곁에 있는 모든 이를 좋아한다……. 이번에야 말로 인정받고 싶다고 생각했지.』

『저도—.』

심호흡을 한 번 한 뒤, 룩스의 목소리가 돌아왔다.

『저도, 드릴 이야기가 있습니다. 잠자코 있어서 죄송해요. 중요한 내용이거든요. 당신에게 꼭 들려주고 싶은 이야기예요. 그러니까—.』

『아아, 미안하다. 이제 시간이 없는 것 같구나. 그러면—.』

리샤는 쓴웃음을 지으며 하늘을 올려다보았다.

『건강히 잘 지내라고, 왕자님.』

키잉!

직후, 한 줄기의 빛이 일직선으로 대기를 꿰뚫었다.

"큭, 아……! 네, 네이녀언……?!"

리샤가 고속으로 투척한 것은, 최초이며 최후의 무기.

신장기룡 《티아마트》의 기공각검이었다.

절대로 손에서 놓아서는 안 될 그 구명줄을, 리샤는 최후의 힘을 쥐어짜내 하늘에 떠 있는 벨벳을 노리고 투척 — 그리고, 허를 찌른 공격이었음에도 그는 아슬아슬하게 피해냈다.

지금 막 베인 붉은 선이 그의 뺨을 따라 달렸다.

"홋. 조금은 남자다워 보이는구나. 기뻐해라, 잔챙이. 왕도로 나를 데려갈 때 제법 모양 좀 나겠구나."

"크, 으으......!"

벨벳은 상처를 누르며 하늘을 보고 드러누워 있는 리샤를 노려보았다.

"그래도 왕녀로서 네게 충고 한마디 하마. 포기해라. 너 따위는 이 나라를 멸망시킬 수 없다. 너는 분명히 누군가에게 그럴듯한 말을 듣고 거기 놀아났을 뿐인 시정잡배란 말이다. 힘을 얻었다고? 잠꼬대는 집어치워라. 너는 아무것도 — 변하지 않았어. 구제국이 시키는 대로 굽실거리던 그 시절과 말이지."

한순간의 침묵.

그러나 그 사이에 벨벳은 분노를 이기지 못하고 온몸을 부들부들 떨었다.

"—좋다, 리즈샤르테. 생각이 바뀌었다. 처참하게 찢긴 네년의 시체를 왕성에 뿌린 다음, 그대로 쳐들어가 주마! 여기서 죽어라!"

벨벳은《엑스 와이번》의 캐논을 들었다.

리샤는 그 모습을 어딘가 멍한 시선으로 바라보았다.

"하, 참으로 분하구나."

또르륵, 굵은 눈물방울을 떨어뜨리며 드높은 하늘을 응시했다.

"아무리 무섭더라도, 이번만큼은 마지막 순간까지 울지 말고 공주님답게 행동하겠다고 생각했건만……."

그렇게 중얼거렸을 때, 리즈샤르테의 몸 위에 그림자가 드리워졌다.

끝이다.

그렇게 확신한 순간.

투웅! 포성이 들리고 대기가 터져나갔다.

모든 것이 폭염에 뒤덮인 직후—.

"뭣……?!"

푸른 기룡— 룩스의《와이번》이 그곳에 나타났다

최대 출력으로 장벽을 전개해서 충격을 장갑으로 흘려 넘겨 막아냈다.

그러나 정통으로 주포에 직격당한《와이번》은 그 자리에서 산산이 분쇄됐다.

"큭……! 누군지는 모르겠지만, 쓸데없이 발버둥을—."

기룡 한 기에게 포격을 방해당한 벨벳은 이를 악물고 대검을 쥐었다.

그것이 공격 신호였는지 배후에서 대기 중이던 기룡의 군세가 일제히 무장을 들어 올렸다.

"룩스……? 어째, 서—."

"……죄송합니다, 리샤 님. 기껏 수리해주셨는데."

동시에 하늘을 보고 드러누워 있던 리샤 앞을 가리고 서며 룩스는 쓸쓸한 미소를 떠올렸다.

그리고 대파된 《와이번》의 접속을 해제하고, 곧바로 허리춤에 걸려 있던 또 한 자루의 기공각검을 쥐었다.

✝

"너는 말이다, 이 세상을 전혀 몰라. 왕의 그릇 따위가 아니란 말이다. **최약**이여."

5년 전, 쿠데타 마지막 날.

칠흑빛 하늘이 전화(戰火)의 불꽃으로 시뻘겋게 물들었던 그 밤에.

잿더미로 변해버린 왕성의 알현실에서 맏형 후길은 그렇게 말했다.

멸시하는 것처럼.

깔보는 것처럼.

그리고 타이르는 것처럼 침착한 목소리로.

"너는 끝내 악이 되지 못했어. 왕자로서 국민을 행복하게 해주고 싶다고, 학대당하는, 부당한 취급을 받고 있는 그런 사람들을 구해주고 싶다고 생각했지—. 하지만 말이다, 아우야. 너에게는 처음부터 왕이 될 자격이 없었다."

"……"

일어나는 것은 고사하고 신음조차 내지 못할 정도의 피로.

피가 고인 바닥에 엎어진 룩스는, 그럼에도 의식을 유지하고 있었다.

"제아무리 웅대한 각오를 품다 해도, 너는 『나라』나 『사람』을 귀한 것이라고 믿고 있지. 그래서 그 녀석들을 살려두고 의논할 수 있는 자리를 만들겠다는 꿈같은 소리를 할 수 있었던 거다. 고맙게 받아들여 줬으면 좋겠구나, 아우야. 네가 사정을 봐줘서 살아남은 군 관계자와 황족들을 내가 죄다 죽여놓지 않았으면, 너는 언젠가 그놈들에게 암살당했을 거다."

그것은 비웃음이었다.

―제국을 멸망시킬 각오를 품고, 자신의 마음을 죽인다.

마지막까지 이상적인 결말을 바라고 있던 룩스를 향한.

"너는 왕으로서, 이 나라의 백성만이 아니라 썩어빠진 황족이나 귀족까지 구하려고 했지. 너는 그 무엇도 잘라내려 하지 않았어. 그래서― 빼앗으려고 하는 『악』인 나를 간파하지 못하고 이렇게 뒤통수를 맞은 거다."

야멸찬 말투.

경애하는 형의, 싸늘한 시선을 등으로 느끼면서.

"무의미하단 말이다, 룩스. 자신의 의지로 『악』을 실천할 각오를 하지 않은 자 따위는, 아무도 희생시키지 못하는 자 따위는, 그 얼마나 강대한 힘을 지닌들 아무런 의미가 없다. 그래서 너는 **최약**인 거다."

그 한마디를 끝으로 룩스의 의식은 끊겼다.

†

룩스가 검은 검집에서 기공각검을 뽑아 하늘 높이 들어 올렸다.

그리고 칼자루의 버튼을 누르며 읊조렸다.

"—현현하라, 신들의 혈육을 삼키는 폭룡. 흑운으로 뒤덮인 하늘을 가르거라, 《바하무트》!"

그 순간, 빛의 입자가 고속으로 모여들었다.

나타난 것은, 흑(黑).

불길한 살기와 광택이 흐르는 환옥철강의 덩어리.

용을 흉내 낸 두부에서는 붉게 빛나는 두 개의 안광이 엿보였다.

"이것은—?"

그 심상치 않은 위광과 기척에 공중에 떠 있던 벨벳이 목소리를 높였다.

"접속·개시." ^커넥트 온

룩스 앞에 나타난 기룡이 무수한 장갑으로 변하여 전신을 감싸기 시작했다.

"너는…… 설마—?"

그 모습을 본 리샤가, 눈을 한계까지 크게 뜨고 중얼거렸다.

그 직후, 눈앞에서 밀려오는 제국군 기룡 백 기 앞을 칠흑의 거룡, 《바하무트》를 장착한 룩스가 막아섰다.

손에는, 어둠보다도 깊은 검은색 대검 한 자루를 쥐고 있었다.

"뭐하는 놈인지는 모르겠다만, 상관없다! 고작 한 기뿐이다! 한꺼번에 처리해버려!"

벨벳의 명령을 따라 먼저 온 세 기가 블레이드를 들어 올리고 돌격했다.

저마다 환창기핵에서 생성된 에너지가 주입되어 장벽째로 썰어버릴 듯한 기세였다.

좌우와 정면, 세 기가 선보인 세 방향에서의 동시 공격이 룩스를 덮쳤다.

그 찰나—.

퍼컹!

"—어?"

세 명의 기룡사가 검을 내려친 순간, 남자들이 장착하고 있던 장갑기룡이 산산이 부서지며 떨어져 나갔다.

블레이드를 들고 있던 장갑 팔, 양어깨에 있는 환창기핵, 그리고 허리에 걸린 기공각검.

공격, 동력, 제어의 필수 요소인 세 가지가 한순간에 분쇄됐다.

그것도 일시에 덮쳐든— 세 기가 동시에.

"이게, 무슨……?!"

당해버린 남자들의 눈에는 보이지 않았다.

대체 무슨 일이 일어난 것인지.

그저 눈에 보이지 않는 빠르기로 《바하무트》가 대검을 휘둘렀고, 검을 주고받은 순간 승패가 결정된 것이다.

—어떻게?!

"시간을 삼키며 가속하라, 《바하무트》."

상황을 이해하기 전에 룩스의 대검이 다시 한 번 번뜩이더니 눈앞의 세 기를 추락시켰다.

"크, 우와아아아악……?!"

이미 동력을 파괴당한 제국의 《와이번》 세 기는, 그 즉시 추진 출력을 잃고 바닥을 향해 곤두박질쳤다.

지상에 있던 동료의 기룡이 가까스로 붙잡기는 했지만,

전투는 완전히 불가능한 상태였다.

"너 이 자식—!"

몇 초 사이를 두고, 이번에는 제국군 기룡 다섯 기가 동시에 룩스를 습격했다.

《폭식(暴食)》.
<small>리로드 온 파이어</small>

그러나 상하, 좌우, 정면에서 돌격한 보람도 없이 또다시 다섯 기가 모조리 동시에 격추당했다.

"큭……?!"

"어, 어떻게 된 거냐, 저건—?!"

"무슨 일이 일어난 거야, 대체, 뭐가—."

"저, 저건 신장기룡인가……?! 어째서, 저렇게 손쉽게……!"

다수가 한 번에 덤벼들고, 그 모두가 검을 휘두르는 것보다— 총의 방아쇠를 당기는 것보다 빠르게, 순식간에 지면을 향해 추락한다.

마치 삼류 연극을 보는 듯한 광경.

혹은 악몽과도 같은 그 현실에 반란군은 동요했다.

『다, 당황하지 마라! 그래 봐야 놈은 우리와 같은 남자 기룡사다!』

벨벳이 고래고래 소리를 지르며 부하들을 질타했다.

『놈에게— 남자에게 장기간 동안 신장기룡을 다룰 수 있는 적성은 없을 거다! 게다가 녀석은 공격 직후에 무조건 움직임이 둔해지니 그 틈을 노려라!』

"옙!"

대장의 지시가 떨어지자 기룡사들은 룩스를 포위하고 다시 공격을 시도했다.

확실히 룩스는 《바하무트》를 조작하느라 지친 것처럼 몇 초간 움직임이 느려져 있었다.

"크아아아악?!"

하지만 움직임이 둔해지고, 틈이 드러난 것처럼 보인 다음 순간.

룩스는 사정거리에 들어온 제국 소속 기룡을 일곱 기를 순식간에 분쇄했다.

"……이럴 수가?!"

제국군 기룡사 사이에서 다시금 일대 파란이 일어났다.

"칠흑의 신장기룡이라니……. 네놈……! 설마, 네가— 그 쿠데타의……?!"

벨벳이 중얼거렸을 때, 룩스는 그에 호응하듯 하늘을 바라보았다.

아주 잠깐 감은 눈 뒤로 룩스는 과거를 회상했다.

『나의 《바하무트》와 함께 《와이번》으로 협력할 것인지, 아니면—.』

쿠데타를 결행하기 전. 후길이 룩스에게 물어본 것은.

『네가, 이 《바하무트》를 사용할 것인지—.』

"하아……. 결국 저질렀군요, 오빠……."

한편 성채 도시로 돌아온 녹트에게 부탁해서 함께 성벽 밖으로 나온 아이리는, 길게 탄식하며 전장을 응시했다.

성벽을 벗어난 전장의 황야에서 수백메르 정도 떨어진 지점.

용성이 간신히 전장에 닿을 거리에서 아이리는 녹트의 《드레이크》에 안겨 있었다.

룩스가 어떤 기룡을 사용할 때의 데이터를 기록해둘 필요가 있었다.

기룡의 출력과 가동 한계를 가까운 곳에서 파악하기 위해, 아이리는 근처에 가고 싶다는 무리한 부탁을 해서 여기까지 온 것이었다.

"무슨 일이 일어나고 있는 건가요? 룩스 씨는……. 저 검은, 신장기룡은─?"

평소는 냉정한 녹트가 떨리는 목소리로 물어보았다.

신장기룡의 존재도 그랬지만, 본디 기룡 적성이 떨어지는 남성인 룩스가, 그것을 충분하고도 남을 정도로 다루고 있다는 것.

그리고 습격하는 적군을 순식간에 격추하는, 이해할 수

없을 정도로 빠른 움직임.

"……녹트. 지금부터 하는 이야기를, 비밀로 해줄 수 있겠어요?"

평소의 새침한 분위기와는 다르게, 어딘가 체념한 듯한 분위기로 아이리가 속삭였다.

"Yes. 종자의 일족, 리플렛 가문의 명예와 제 주인께 맹세코."

녹트가 대답하자 아이리는 심호흡을 한 뒤에 이야기를 시작했다.

"저것이, 오빠예요. 제국 최강의 기룡,《바하무트》를 부리는 최강의 기룡사. 5년 전의 쿠데타에서 1,200기의 제국군 기룡을 단신으로 파괴한─『검은 영웅』."

"──?! 그건, 무슨 뜻인가요? 아이리 아카디아."

녹트는 눈을 크게 뜨고서 아이리에게 물었다.

"구제국을 멸망시킨 사람이─ 제국의 왕자였다는 겁니까?! 어째서……?"

"……죽어라아아아아아아아!"

녹트가 떨리는 목소리를 낸 직후.

하늘에서 다시 절규와 폭음이 터져 나왔다.

그 직후에 들려온 소리는, 귀에 거슬리는 피리의 음색.

아마도— 왕도를 공격하기 위해 남겨두었을 가고일 십여 마리를, 벨벳은 지시를 내려 돌격시켰다.

그러나 환신수를 사용해도 결과는 조금 전과 전혀 다르지 않았다.

룩스가 눈에 보이지도 않는 빠르기로 휘두른 검이 가고일의 신체를 조각조각 파괴하여 존재를 지웠다.

무수한 폭발이 일어나는 하늘에서, 다시 제국군의 기룡사가 달려들었다.

"《폭식》— 저것이 《바하무트》가 지닌 신장이에요. 그 능력은 압축 강화라고 부르는, 10초 동안의 마법이죠."

_{리로드 온 파이어}

봉인과 해제.

혹은 억압과 해방의 신장.

앞쪽 5초 동안 에너지나 현상을 몇 분의 일 수준까지 격감, 뒤쪽 5초 동안 그 힘을 폭발적으로 해방하는 능력.

"앞쪽 5초 동안 대상에게 흐르는 시간을 몇 분의 일로 감속하고, 뒤쪽 5초 동안 그것을 몇 배로 가속하는 거예요. 따라서 적이 공격 예비 동작을 보인 순간, 가속한 참격으로 쉽게 그것을 따라잡아 파괴하죠. 그것이 『즉격(卽擊)』이라는 오빠의 기술이에요."

『즉격』.

상대의 공격 예비 동작을 간파, 《폭식》의 가속을 사용해서 적의 장갑기룡을 순식간에 파괴하는 절기.

따라서 룩스의 사정권에서 검을 들어 올리거나 총의 방아쇠에 손가락을 건 순간 승부는 결정된다.

그것이 최강의 기룡사라 불리는 이유였다.

"그, 그렇다면 어째서 룩스 씨는, 그렇게 강한데 왜『무패의 최약』이라는—."

"그러니까 그게, 어렵거든요.『즉격』을 사용하는 건."

아이리는 하늘을, 룩스와 제국군과의 싸움을 지켜보며 중얼거렸다.

"상대의 기룡을 확실하게 격파하기 위해서는 빈틈을 완벽하게 찔러야만 해요. 그래서 기룡사의 움직임을, 공격 예비 동작을 완벽하게 간파할 수 있는 실력을 갖추기 위한 수련이 필요했죠. 이를테면 시합에서 단 한 번도 공격하지 않고, 오로지 적의 공격을 피하며, 방어에만 전념한다든지—."

다시 말해 최강을 이룩하기 위한 최약.

룩스가 《와이번》으로 참전한 모의전은, 전부 《바하무트》의 신장을 사용하기 위한 훈련에 지나지 않았다.

5년 전 구제국 시절부터 수백, 수천 회에 달하는 전투를 치르며 체득한 눈썰미와 기술.

《바하무트》라 해도 같은 감각으로 움직일 수 있도록 중량이나 공기저항을 계산하여 《와이번》에 장갑을 추가했으며, 별도로 조정한 것이다.

그래서—.

†

30기, 40기, 50기…….

제국군의 기룡은 달려들기가 무섭게 격추당했다.

벨벳의 부대에 백 기 남짓 있었던 제국군 기룡의 숫자는 눈 깜빡할 사이에 반 이하로 줄어들어 있었다.

"말도 안 돼……."

그 광경을 지켜보던 벨벳은 아연하게 중얼거렸다.

이상했다.

아무리 신장기룡을 사용한다 해도, 특수 능력인 신장을 사용하면 상당한 부담이 걸릴 터.

여자보다 기룡 적성이 낮을 게 뻔한 룩스가 이렇게 쉽지 않고 싸울 수 있을 리가 없다.

『시간을 벌려고 해봐야 소용없는 짓이에요. 오빠의 기룡 적성치는, 우리 여성의 기본 적성치보다 아득히 높은 수치를 자랑하니까.』

냉정한 아이리의 목소리가 녹트의 《드레이크》의 용성을 통해 벨벳에게도 닿았다.

설마—.

그렇게 의심하면서도, 그렇게 생각할 수밖에 없는 현실에.

"우, 웃기지 마라! 네놈이 그, 『검은 영웅』이라고?!"

벨벳은 당황하면서도 끊임없이 부하 기룡사들에게 지시를 내렸다.

그러나 《바하무트》의 신장, 《폭식》의 빈틈을 노린 움직임조차 간파당해, 순식간에 격파당하고 말았다.

"정체가 뭐냐! 네놈은 어째서—!"

"—내 얼굴이 기억나지 않는 거냐, 벨벳 근위기사단장."

"뭣……?!"

찰나의 순간.

싸늘하고 끝을 알 수 없는 눈길을 보내는 룩스의 말에, 벨벳은 반사적으로 숨을 삼켰다.

잠시의 침묵이 생겨남과 동시에 제국군 기룡사들도 공격을 멈추었다.

"훗, 크크큭……! 하하핫!"

그 모습을 본 벨벳은 쩌렁쩌렁한 웃음을 터뜨렸다.

그의 시선은 룩스의 개목걸이에 고정돼 있었다.

"이거 이거, 제7 황태자 전하 아니시옵니까. 몰랐다고는 하나, 거듭된 무례를 용서해주시지요."

"그만두십시오."

은근히 건방진 인사를 하는 벨벳을 향해, 룩스는 평소와 같은 태도로 돌아와 냉담하게 대답했다.

"지금 바로 투항하십시오. 이 이상의 전투는 무의미합니다.”

“후, 하하하······.”

참는 것처럼 입가를 씰룩이며 벨벳은 다시 웃었다.

“그보다 전하. 저도 한 말씀 올리고 싶군요. 왜— 무엇 때문에 신왕국의— 제국의 적 따위의 아군 행세를 하고 계시는 겁니까?”

“······.”

“어째서냐! 룩스 아카디아! 왕자이며 황족의 생존자인 네가, 어째서 우리에게 검을 들이대는 것이냐! 백성을 위해서 싸우고, 영웅이라도 될 셈이냐?! 너는 어긋났다! 그런 싸구려 감정에 백성은, 나라는 조금도— 움직이지 않는단 말이다!”

“저는, 영웅 따위가 아닙니다.”

룩스는 메마른 미소로 대답했다.

그리고.

“들어주세요, 리샤 님.”

룩스는 대지에 누워 있는 리샤를 보며 부드러운 목소리로 입을 열었다.

“저는 나라를 위해, 백성을 위해— 왕자로서, 아무것도 하지 못했습니다. 어머니를 잃고, 그 외에도 또, 가까운 사람을 잃는 것이 두려웠거든요.”

중얼거리는 그의 뇌리에 5년 전의 기억이 떠올랐다.

"저는 대의를 위해서 강해질 수 없었습니다. 모든 사람을 구하려 했고, 그러나 실패했기 때문에 이번에는 그런 일이 일어나지 않도록, 사명을 다하기 위하여 날품팔이 왕자로서 숨어 살아왔습니다."

—너는 말이다, 이 세상을 전혀 몰라. 왕의 그릇 따위가 아니란 말이다. **최약**이여.

"하지만— 역시, 도와주고 싶어요. 신왕국의 왕녀에 걸맞은 당신에게 인정받고 싶다고 생각했죠. 그러니까……."

"룩스……."

꺼져가는 듯한 리샤의 목소리.

그것을 들으며, 룩스는 대검으로 벨벳을 가리키며 선언했다.

"나는, 영웅 따위가 아니야. 제국을 멸망시킨 최약의 기룡사다."

그렇게, 룩스가 날카롭게 단언한 직후.

"……좋다."

벨벳은 검을 들어 올리며 부하들에게 신호를 보냈다.

"그렇다면, 죽어라! 새로운 제국의 주춧돌로써, 우리가 충성을 바친 아카디아 제국의 대의 밑에서 썩어 문드러져라!"

남아 있던 수십 기의 기룡 전부가 총공격을 시작했다.

"《폭식》."

거기에 맞서서 《바하무트》의 신장이 발동됐다.

시간을 먹고— 가속한다.

모든 공격의 예비 동작을 간파하고, 순식간에 적을 분쇄하는 절기—『즉격』.

기룡 십여 기의 장갑이 처참하게 파괴됨과 동시에, 찰나의 간극을 노린 벨벳이 달려들었다.

"룩스!"

리샤의 외침이 들렸다.

벨벳과 함께 덤빈 부하들은 미끼.

그리고 《바하무트》의 신장 《폭식》은 이미 효과를 발동한 직후였다.

다시 시간을 가속하려면, 우선 감속을 해야 한다.

그래도 평범한 상대라면 룩스의 통찰력으로 대처할 수 있는 타이밍이었다.

그러나— 적은 평범한 기룡사가 아니었다.

"저승에서 황제 폐하께 사죄해라! 더러운 배신자여!"

벨벳이 날카로운 직선의 참격을 휘둘렀다.

신속제어에 의한 고속 일격.

피할 수 없는 참격이 룩스의 《바하무트》를 습격한 순간

― 벨벳은 보았다.

자신의 검 끝으로 룩스의 기룡 위에 덧그렸을 궤적.

그 블레이드를 휘두른 자신의 장갑 팔 위에 다른 궤적이 달리고 있었다.

"―뭣?!"

카앙!

"이럴, 수가아아아아……?!"

경악으로 커진 벨벳의 눈에, 자신의 기룡에 새겨진 파괴의 흔적이 들어왔다.

그 직후 『베였다』라는 돌이킬 수 없는 사실을 뒤따르는 것처럼 《엑스 와이번》이 박살 났다.

손목의 장갑과 환창기핵, 그리고 기공각검.

룩스의 『즉격』이, 벨벳의 모든 것을 부숴버렸다.

"어, 어떻게……?! 네놈의 신장은…… 아직 사용할 수 없을 텐데! 어째서 내 신속제어가 패배―."

리로드 온 파이어
《폭식》.

신장에 의한, 압축 강화의 특수 능력.

앞쪽 5초를 늦춰 뒤쪽 5초를 가속한 직후에는 신장을 발동할 수 없다.

벨벳은 그 약점을 눈치채고 검을 휘둘렀으나―.

『당신도 무모한 사람이군요.』

직후, 녹트의 《드레이크》를 경유한 용성― 아이리의 목소리가 벨벳에게 닿았다.

『아무리 신속제어를 사용할 줄 안다고 해도, 그것을 처음으로 고안한 사람을 같은 기술로 이길 수 있을 리가 없잖아요?』

"뭣—?!"

담담한 목소리에 벨벳은 멍하니 입을 다물었다.

벨벳이 신속제어를 사용한 순간, **그 예비 동작을 간파한** 룩스의 신속제어가, 벨벳을 압도적인 신속으로 추월하여 『즉격』한 것이다.

신장기룡《바하무트》의 성능과 출력도.

제국 최강을 이룩한 룩스의 실력도.

한순간에 기룡 다수를 격추하는 압축 강화의 신장도.

벨벳에게 『쓰러뜨릴 수 있다.』라는 환상을 심어주기 위한 룩스의 전략.^{시나리오}

'이 자식, 대체 비장의 수단을 몇 개나 숨겨놓고 있는 거냐—!'

전율.

그 한복판에서 벨벳은 어떠한 사실을 눈치챘다.

"자, 잠깐만! 네가 고안했다고?! 말도 안 돼! 네놈은 당시에, 고작 열두 살—"

"잘 가세요, 벨벳. 저는 이제 황족으로서 당신을 처벌할 수는 없지만."

룩스의 조용한 목소리와 함께 《엑스 와이번》이 떨어져 간다.

"저는, 여기서 싸울 겁니다. 제가 왕자였던 제국이 아니라, 당신들을 위해서가 아니라. 내가 인정받고 싶다고 생각하는, 그녀들을 위해서—."

격추당한 벨벳은 메마른 대지 위에 떨어졌다.

구제국의 기룡사들은 모든 기룡을 파괴당하여 마침내 결말을 맞이했다.

룩스가 지상에 내려오자, 간신히 일어난 리샤가 휘청이는 걸음걸이로 그를 향해 다가왔다.

그리고 기룡을 장착한 채, 그 작은 신체를 룩스에게 기대었다.

"—고맙다. 룩스."

"……."

촉촉하게 젖은 눈동자로 그렇게 말하는 공주에게 룩스는 작은 미소로 화답했다.

그리고 《바하무트》와 함께 그의 몸이 갑자기 기울어졌다.

"이, 이봐?! 괜찮은가? 룩스!"

"아하하. 오랜만에, 조금— 피곤하네요."

《바하무트》와의 접속을 해제하며 그렇게 대답했다.

희미하게 멀어지는 의식.

멀리서 어렴풋이 들려오는 『기사단』의 환호성을 들으며,

룩스는 가만히 눈을 감았다.

"으, 으음…… 윽, 크."

작은 신음과 함께 룩스는 눈꺼풀을 열었다.

비교적 새로운 원목 천장이 먼저 눈에 들어왔고, 꽃과 약초, 그리고 희미한 알코올 향기가 콧속을 간질였다.

"……아?! 일어났어요?! 다행이에요……! 오빠!"

자신에게 달려드는 소녀의 미소가, 살짝 열린 룩스의 눈에 비쳤다.

"여기는—?"

여전히 머리는 멍했지만, 어떻게든 목소리를 내자 아이리는 허둥지둥 룩스에게서 떨어지더니 어흠, 헛기침한 뒤에 약간 새침한 표정을 지으며 등줄기를 꼿꼿하게 세웠다.

"그— 이제야 일어나셨군요, 오빠."

"아이리? 으, 크……!"

여동생의 목소리에 몸을 일으키려던 룩스는 전신에서 느껴지는 둔탁한 통증에 이맛살을 찌푸렸다.

그 모습을 본 교복 차림의 아이리는 침대 앞 의자에 앉아 한숨을 내쉬었다.

"자업자득이에요. 《바하무트》의 신장을 그렇게 쉬지 않고 사용하면 어떻게 될지 알고 있었잖아요? 지난번처럼 일주일 동안 잠에서 깨어나지 못하는 것보다는 낫지만요."

"……혹시, 화났어?"

룩스가 어색하게 웃자ㅡ.

"그걸 말로 해야 알아요?"

그녀의 만면에 미소가 번졌다.

《바하무트》의 신장은 파일럿에게 걸리는 부하가 매우 격심하다.

남자이면서 다른 여성을 월등히 뛰어넘는 기룡 적성을 보이는 룩스라 해도 상당한 부담을 느낄 정도다.

그 탓에 과거에 죽을 뻔했던 룩스는, 신장을 포함한 《바하무트》의 가동 한계 시간이 명확하게 해명되기 전에는 절대로 사용하지 않겠다고 아이리와 약속했다.

아이리가 문관 지망생으로서 기룡과 관련된 유적의 고문서를 해독하는 것도 그런 이유에서였다.

그리고 아이리는 만에 하나 룩스의 재능과 『검은 영웅』이라는 사실이 알려지면, 국내외를 불문하고 온갖 조직에서 그를 위험시하여 표적으로 삼으리라는 점도 걱정했다.

그래서 막으려 했던 것이다.

룩스가 쫓고 있는 『어떤 남자』를 쓰러뜨릴 때까지, 두 가지 의미에서 자신을 위험에 노출하는 행위를 막으려고—.

아이리가 자신을 걱정한다는 것은 알고 있다.

그래서, 사과하려고 했을 때.

"오빠는— 천하에 둘도 없을 바보예요."

아이리는 그렇게 말하며 룩스에게 안겨서 가슴에 얼굴을 묻었다.

"……5년 전, 오빠가 쓰러져서 눈을 뜨지 못했을 때, 제가 매일 얼마나 걱정했는지 알기는 해요……?"

평소에는 새초롬한 태도를 보이던 아이리가 울먹이는 목소리로 말했다.

룩스는 그녀의 말에 내심 동의하며 쓴웃음을 지었다.

"걱정 끼쳐서 미안해. 아이리."

그렇게 그녀가 안정을 되찾을 때까지 잠시 여동생의 머리를 쓰다듬어준 뒤.

"그러고 보니…… 다른 사람들은 무사해?"

"……."

룩스의 한마디를 들은 순간, 아이리는 룩스에게서 떨어지며 어이가 없다는 것처럼 도끼눈으로 흘겨보았다.

아무래도 불만이 있는 것 같았다.

"그건, 그녀들에게 직접 물어보시죠. 저는 이만 교대할 테니까요. 그러면, 오빠. 몸조리 잘하세요."

"응, 나중에 봐."

아이리는 자리에서 일어나 조용한 걸음걸이로 의무실에서 나갔다.

그와 엇갈려서 세 소녀가 방에 들어왔다.

"여어, 건강해 보이니 마음이 놓이는걸, 룩스 군."

"와~! 일어나서 다행이야! 어때, 루크찌? 내가 누군지 기억나?"

"Yes. 그저 누적된 피로 탓인 듯하니, 괜찮지 않을까 합니다."

샤리스, 티르파, 녹트의 트라이어드였다.

저마다 과일이나 꽃, 은세공 부적 등을 들고 와서 룩스의 머리맡에 놔두었다.

"⋯⋯고맙습니다."

자신을 위해서 이렇게까지 해주는 사람이 있다는 것에, 룩스는 자기도 모르게 눈시울이 뜨거워졌다.

"후후. 감동해서 말도 안 나오는 모양인걸. 하지만 신경 쓸 것 없어, 룩스 군."

"맞아 맞아. 루크찌, 그거 알아? 아가씨에게 받은 선물은 더 크게 돌려줘야 하는 법이라구. 지금 신왕국에서는 그게 예의에 맞는 행동이거든."

"Yes. 다들 기대하고 있습니다."

"⋯⋯아— 이거 뭘까, 노력하겠습니다."

세 사람의 웃음 띤 얼굴에 룩스는 복잡한 미소로 답해주었다.

"병석에서 갓 일어난 사람을 괴롭히는 것도 미안하니, 우리는 이만 실례하도록 하지."

'그런 배려를 할 정도면 선물에 대한 부담감도 가져가 주세요…….'

그런 말을 삼키며 트라이어드를 배웅하니, 다음에는 두 명의 소녀가 들어왔다.

"생각보다는 괜찮아 보이네."

"안녕, 루우."

쿨한 인상의 몸매가 날씬한 소녀와 부드러운 인상의 가슴이 큰 소녀.

크루루시퍼 에인폴크와 피르히 아인그람.

"뭐, 너랑 진득하게 이야기를 하고 싶은 마음은 태산 같지만—."

크루루시퍼는 눈을 내리뜨며 잠시 생각에 잠긴 표정을 지었다.

그것이 『검은 영웅』에 대한 것임을 눈치챈 룩스는 움찔했다.

"그나저나 너도 꽤 손해 보는 성격이구나."

크루루시퍼는 놀리는 듯한 목소리로 말했다.

"내게 협조를 부탁하지 않았더라면 네 비밀이 알려지는 일도 없었을 텐데. 왜 그랬어?"

크루루시퍼에게는 리샤와 『기사단』을 지켜달라고 부탁했다.

적이 룩스가 아니라 후방의 리샤나 『기사단』을 노렸을 경우, 그 공격을 저지하기 위하여.

　결과적으로 이번에는 룩스가 모든 적을 무찔렀지만, 크루루시퍼는 결판이 난 뒤에 기룡을 파괴당한 이번 사건의 역적들을 생포해서 성채 도시의 경비대에 넘기는 등, 여러 사후 처리를 해줬다는 것 같았다.

　"그 방법밖에 없다고, 생각했으니까요."

　룩스는 솔직하게 대답했다.

　리샤를 구하기 위하여 전력을 쏟아붓는다.

　그러기 위해서는 자신이 아무것도 걱정하지 않고 싸울 수 있도록, 실력자의 협력이 불가결했던 것이다.

　"그건 알겠는데, 조심하는 편이 좋을걸? 너는 정말 강하고, 머리도 잘 돌아가는 것치고는 이래저래 빈틈이 가득하거든."

　"네—?"

　룩스는 그녀의 장난스러운 목소리에 흠칫 동요했다.

　"이제 막 병석에서 일어난 사람 앞에서 긴 이야기를 할 정도로 독한 여자는 아니야. 그러니 이 이야기는, 나중에 때를 봐서 차분히 해보자구."

　"아, 그게, 살살 부탁드립니다……."

　뼈가 느껴지는 크루루시퍼의 미소에 룩스가 겨우 그렇게 대답했더니—

"⋯⋯피르히?"

"⋯⋯."

피르히가 말없이 룩스에게 다가와, 그의 이마에 자신의 이마를 마주 대었다.

"우왁?!"

입술이 닿을 듯한 거리까지 귀여운 얼굴이 다가오자, 룩스는 당황하며 몸을 뒤로 젖혔다.

그래도 피르히는 딱히 신경 쓰는 기색은 보이지 않고.

"응. 열은 없으니까, 괜찮으려나."

들고 있던 도넛을 한입 베어 먹으며 중얼거렸다.

"어서와, 루우."

얼핏 무미건조해 보이는 피르히가, 작게 미소 지었다.

"⋯⋯아, 응. 다녀왔어, 피이."

왠지 모르게 쑥스러워진 룩스가 얼굴을 붉히자, 피르히는 훌쩍 곁에서 떨어지며 밖으로 나갔다.

"그럼, 나중에 봐."

"어? 응⋯⋯."

"소꿉친구가 참 귀엽네?"

"노, 놀리지 마세요!"

크루루시퍼도 키득 웃고는 의무실에서 나갔다.

쿵쾅대는 가슴을 안고 룩스가 몸을 일으키자 이번에는 클래스메이트나 『기사단』 멤버들이 의무실을 찾아왔다.

"오— 무사했구나! 악운이 강하네."

"리즈샤르테 님을 지켜줬다면서? 일단 고맙다고는 해둘게."

"다음번엔 공격 연습도 좀 해봐. 그, 전설의—『검은 영웅』만큼은 못 하겠지만."

여학생 몇 명의 이야기를 듣고 룩스는 자신의 정체가 탄로 나지 않았음을 알아차렸다.

리샤는 물론이고 크루루시퍼와 녹트도 신경 써준 모양이다.

"……후우."

모든 문병객이 돌아간 뒤, 마지막으로 의무실의 주인인 여의사가 돌아왔다.

우선 눈을 뜬 룩스에게 몇 가지 질문을 하고 가벼운 검사를 한 뒤, 룩스에게 말했다.

"렐리 학원장께서 전언을 남기셨단다. 용태가 안정되면 학원장실로 와달라더구나. 네 처우에 대해서 긴히 할 이야기가 있다고—."

"……알겠습니다."

룩스는 의무실 밖으로 나와 탄식했다.

역시 이렇게까지 중요한 안건은 렐리 학원장의 귀에도 들어갔을 것이다.

『검은 영웅』의 정체가 고작 몇 사람이라고는 하나 들통

난 이상, 룩스가 이곳에 남아 있을 수 있을 리는 없다.

애초에 제국 측 사람이 쿠데타에 가담했다는 이야기를 공표할 수는 없는 것이다.

구제국의 황족이 제국을 멸망시켰다면, 국민과 제후들은 그것을 혁명이 아닌 제국 내 패권 다툼의 일부, 혹은 단순한 연극으로 인식하여 신왕국의 구심력이 약해질 것이다.

그러니 『검은 영웅』이 있다는 소문이 퍼져도, 그 증거인 왕자 룩스가 남아 있어서는 안 되는 것이다.

"그리고 처음부터 임시 입학이었으니까……."

틀림없이 그런 이야기를 하려는 것이리라.

'……드디어, 이별이려나.'

룩스는 아련한 감정을 가슴에 품고, 어떤 장소에 들르기로 했다.

†

장갑기룡의 공방에서는 변함없이 금속과 기름 냄새가 났다.

'그러고 보니 기룡 정비사 견습 잡일을 하러 학원에 온 건데, 결국 여기서는 아무것도 안 했구나.'

룩스는 그런 생각을 떠올리며 쓴웃음을 지었다.

《바하무트》는 일반적인 기룡 격납고에 보관돼 있지 않았다.

왕도의 지하에 있는, 극비에 부쳐진 제0 격납고라는 비밀 장소에 조용히 잠들어 있었다.

5년 전, 쿠데타 마지막 날.

알현실에서 의식을 잃은 후, 룩스는 리샤의 고모— 현재의 신왕국의 여왕에게 주워졌다.

그가 눈을 떴을 때 후길은 홀연히 모습을 감추었고, 그 행방은 묘연하게 되었다.

왕성이 무너진 탓인지 룩스는 《바하무트》를 빼앗기지 않고 기적적으로 생환하였다.

혁명은 성공했지만, 룩스는 의도적으로 제국을 붕괴로 이끈 후길을 위험하게 생각해 그의 뒤를 쫓기로 했다.

신왕국의 날품팔이 왕자로서.

그리고 이전에는 부담이 지나치게 컸던 《바하무트》를 자유자재로 다룰 수 있도록, 방랑하며 훈련을 쌓기 위해서—

구제국의 왕자로서 암살당할 위험이 있었기 때문에 한자리에 오래 머무를 수는 없었다.

"그래도 여기서는 꽤 오랫동안 있었던 것 같아……."

기룡사 학원에 다닌 것도, 처음으로 같은 또래의 친구— 적어도 그렇게 부를 수 있을 사람들과 만난 것도 기뻤다.

병문안을 와주지 않은 것은 조금 서운했지만, 마지막으로 가장 신세를 진 사람에게 인사를 하고 싶어서 룩스는 여기에 왔다.

"오오! 룩스잖아! 상처는 이제 괜찮은가?"

그런 생각을 하고 있으려니 장갑기룡 작업대 앞에 앉아 있던 소녀가 미소 지으며 룩스를 돌아보았다.

교복 위에 걸친 꾀죄죄한 하얀 가운.

여전히 공주님답지 않은 차림을 한 리샤가 거기에 있었다.

또 이 공방에서 최강의 장갑기룡을 연구하는 것에 몰두하고 있는 것 같았다.

조금 전까지는 공주님답지 않다고 생각했지만, 지금은 무척— 안심됐다.

더는 만날 수 없을 거라고 생각하니 역시나 슬펐다.

"리즈샤르테 님. 지금까지 감사했습니다."

"홋. 나는 나를 위해서 움직인다. 네게 감사 인사를 들을 이유는 없어. 그런 것보다, 나중에 운용 테스트를 해다오. 재미있는 장비를 찾아냈거든."

"그러면 그때 또 의뢰해주세요. 언제라도 바로 찾아뵙겠습니다."

그저— 이제는 학원을 떠나야만 하는 몸이지만.

룩스는 그렇게 생각하며 공방을 떠나려고 하다가 문득 목적을 떠올렸다.

"아, 그러고 보니 제 《와이번》 말인데요—"

그 전투에서 대파당했을 텐데, 어떻게 가져온다?

룩스의 수중에는 《바하무트》의 기공각검밖에 없으니, 아마도 그쪽은 수리 중일 테지만—.

"아, 그전에 이것을 좀 봐다오. 특별한 녀석이라 다른 학생들에게는 보여주면 안 되는데— 너는, 주인이니까."

"네……?"

갑자기 리샤가 방 안쪽, 기룡을 격납해두는 개러지(garage)를 열었다.

그곳에는— 거대한 칠흑빛 기룡이 있었다.

룩스의 신장기룡 《바하무트》가.

"에에에에에에에에엑?! —어째서?!"

자기도 모르게 소리치고 말았다.

"지금, 꽤 오래전에 손상된 부분 등을 수리 중이거든. 신장기룡의 수리는 어렵지만, 이것만큼은 다른 사람에게는 맡길 수 없으니. 게다가— 이 기체를 학원에 놔두기로 한 것은 몇 사람밖에 모르는 중요 기밀이거든."

"잠깐, 학원장님 좀 뵙고 오겠습니다!"

리샤가 다시 이야기하려고 했을 때는, 룩스는 이미 그곳에서 뛰쳐나간 뒤였다.

†

교사 계단을 두 단씩 뛰어오르며 학원장실로 향했다.

"렐리 씨, 이게 대체 어떻게 된 겁니까?!"

쾅!

커다란 문을 양손으로 밀어 열었을 때.

"정식 입학 축하해! 룩스 군!"

작은 환성과 함께 짝짝짝, 요란한 박수 소리가 일어났다.

넓은 학원장실에는 렐리 아인그람 외에도 룩스의 눈에 익은 소녀들이.

크루루시퍼, 피르히, 아이리, 그리고 다른 클래스메이트들이 모여 있었다.

"어……?"

영락없이 학원장만 있을 거라고 생각했던 룩스는 의표를 찔려서 그대로 굳어버렸다.

그리고 마지막으로 한 사람, 교복을 입은 소녀가 들어왔다.

"리즈샤르테, 님?"

"크흠. 그럼 학원장을 대신하여 내가 인사를 하마. 날품팔이 왕자 룩스 아카디아여. 신왕국 왕녀인 내가 죄인인 귀공에게 왕명을 내리노라."

리샤는 엄숙한 모습으로 말하며 룩스 앞으로 걸어나갔다.

새로운 칼집에 꽂힌, 한 자루의 기공각검을 손에 들고서.

"귀공의 협력 덕분에— 나는 목숨을 부지할 수 있었느니라. 이 성채 도시, 그리고 나아가서는 조국을 지켜낼 수 있었느니라. 귀공에게는 확고한 힘과 정의가 존재함을, 이 내가 인정하여 예찬하노라."

그렇게 선언하며 리샤는 살짝 미소 지었다.

"그러니, 명령을 내리니라. 이곳에 남아다오. 우리의 날품팔이 왕자로서, 첫 번째 남학생으로서, 우리의 힘이 되어다오. 본디 이곳에 있는 것이 허용되지 않는 너의 존재를, 우리가 인정하노라. 이견은 없겠지? 영웅이여."

"어, 저기……."

시간이 멈춘 듯한 정적.

"그럼, 앞으로 여자애들과 함께 생활하면서 고생이 많을 거야, 룩스 군."

룩스가 곤란한 모습으로 고개를 들자, 학원장인 렐리는 쓴웃음을 지으며 그렇게만 말했다.

『처우에 대해서 긴히 할 이야기가 있다.』라는 건 이런 것이었나.

"그렇게 됐으니, 뭐라고 해야 할까. 아직 《와이번》의 검은 수리 중이지만— 받아주겠나? 나의 검을."

리샤는 뺨을 붉히고 시선을 살짝 피한 채 검을 내밀었다.

그 모습을 본 순간, 룩스는 살짝 숨을 내쉬며 무릎을 꿇었다.

"분부를 받들겠습니다, 나의 공주이시여."

룩스가 검을 받아 든 직후, 주위에서 환호성이 터져 나왔다.

리샤의 미소를 따라 룩스도 쓴웃음을 지었다.

이렇게 룩스 아카디아는, 처음으로 신왕국에서 자신이 있을 곳을 찾아내었다.

지켜줘야 할 소녀들의 왕자로서.

안녕하세요, 아카츠키 센리라고 합니다.

손에 들어주신 분, 감사합니다.

요즘 들어서 어쩐지 엄청 졸리네요.

에어컨을 틀면 더 심해집니다. 졸려…….

자, 이번 새 시리즈는 제가 아주 좋아하는 『판타지 배틀』입니다.

본작의 내용을 간략하게 설명해드리자면, 『구제국의 몰락 왕자가 장갑기룡이라고 부르는 고대 병기를 사용해서, 신왕국의 아가씨 학원에서 무쌍을 벌인다.』라는 이야기입니다.

왕도와 패도가 교차하는 판타지 세계관에, 근미래 느낌이 풍기는 고대 병기 배틀.

그리고, 귀족 자녀들의 아카데미.

데뷔하기 전에는 판타지물만 쓰기도 해서, 오랜만에 가슴이 뛰었습니다.

(당시에 썼던 것과는 완전히 다른 이야기입니다만)

소원이라는 것은, 전혀 예상치 못한 타이밍에서 이뤄지는 것임을 실감했습니다.

　이번에 판타지X메카라는 특수한 삽화를 의뢰했음에도 불구하고, 그리고 매우 바쁘신 와중에도 하나하나 멋진 퀄리티로 일러스트를 그려주신 카스가 아유무 씨, 감사합니다.
　일러스트를 받았을 때, 표지의 기룡 배틀에서 "짱이다—!"라는 말이 나왔고, 소녀 삽화에서는 "에로틱해!"라고 말하며(끔찍한 감상이네요……) 정말 기뻐했습니다.
　특전 일러스트도 엄청난 구도라서 그야말로 최고였습니다.

　덧붙여서 이번 후기를 작성하는 단계에서는 아직 언제, 어떻게 될지는 모르겠습니다만, 『바하무트』의 공식 사이트 같은 것도 공개될(된?) 것 같으니, 괜찮으시다면 그쪽도 검색해주십사 합니다.
　앞으로도 열심히 하겠습니다!

　그럼 이른 시일 내에, 2권에서 다시 만나 뵐 수 있기를 기원하겠습니다.

2013년 7월 모일 아카츠키 센리

최약무패의 신장기룡 1

1판 1쇄 발행 2015년 3월 10일
1판 6쇄 발행 2017년 12월 22일

지은이_ Senri Akatsuki
일러스트_ Ayumu Kasuga
옮긴이_ 원성민

발행인_ 신현호
편집국장_ 김은주
편집진행_ 최은진 · 김기준 · 김승신 · 원현선 · 김솔함 · 권세라
편집디자인_ 양우연
국제업무_ 정아라 · 고금비
관리 · 영업_ 김민원 · 이주형 · 조인희

펴낸곳_ (주)디앤씨미디어
등록_ 2002년 4월 25일 제20-260호
주소_ 서울시 구로구 디지털로 26길 111 JnK디지털타워 503호
전화_ 02-333-2513(대표)
팩시밀리_ 02-333-2514
이메일_ lnovelpiya@naver.com
ㄴ노벨 공식 카페_ http://cafe.naver.com/lnovel11

원제 SAIJAKU MUHAI NO BAHAMUT
Copyright ⓒ 2013 Senri Akatsuki
Illustrations copyright ⓒ 2013 Ayumu Kasuga
All rights reserved.
Original Japanese edition published in 2013 by SB Creative Corp.

This Korean edition is published by arrangement with SB Creative Corp., Tokyo
in care of Tuttle-Mori Agency, Inc., Tokyo.

ISBN 978-89-267-9874-4 04830
ISBN 978-89-267-9873-7 (세트)

값 6,800원